COMO FUGIR de um HUMANO APAIXONADO

SANT'ANNA

COMO FUGIR de um HUMANO APAIXONADO

1A EDIÇÃO, 2022

EDITORA EUPHORIA

Passando pelos enormes portões do purgatório e saindo de vez do lugar que antes me prendia, puxei minha espada e fiz um juramento:
Seu sangue. Irei tê-lo em minhas próprias mãos.

E ali, cravei minha espada no chão. Não sabia o que havia dentro de mim, mas usaria dessa força para me vingar. Não importava aonde eu tivesse que ir: ao Céu, Inferno ou à Terra.

ILUSTRAÇÃO DE CAPA:
Gabriela Paraizo
ILUSTRAÇÕES INTERNAS:
Gabriela Paraizo
REVISÃO:
Nathalia Brandão
Andrea Santos
DIAGRAMAÇÃO:
Nathalia Brandão
[2022]

COMO FUGIR DE UM HUMANO APAIXONADO
1a EDIÇÃO, EDITORA EUPHORIA, 2022
CNPJ: 39.317.627/0001-06
Contato: editoraeuphoria@gmail.com
Site: www.editoraeuphoria.com.br
Rio de Janeiro – RJ

Dados Internacionais de Catalogação na Publicação (CIP)
(Câmara Brasileira do Livro, SP, Brasil)

Sant'anna, Roberta
Como fugir de um humano apaixonado / Roberta Sant'anna ; [ilustração Gabriela Paraizo]. -- 1. ed. -- Rio de Janeiro, RJ : Editora Euphoria, 2022. -(Demônio apaixonado ; 2)
ISBN 978-65-996021-7-7
1. Ficção brasileira 2. LGBT - Siglas I. Paraizo, Gabriela. II. Título. III. Série.
22-108968 CDD-B869.3

Índices para catálogo sistemático:
1. Ficção : Literatura brasileira B869.3
Eliete Marques da Silva - Bibliotecária - CRB-8/9380

A vocês, que participaram deste processo de criação, o meu sincero agradecimento. Que a estrada da vida continue nos juntando para que possamos oferecer ao mundo histórias incríveis.

PRÓLOGO

Lutas, sangue, morte, invocações: acho que são os assuntos que a grande maioria espera quando escuta ou lê algo sobre anjos e demônios. Ou muito sexo.

Espero que você não tenha ficado decepcionado na primeira história.

Isso mesmo, quem vos fala é Sylas Guo.

Sou um humano agora, um bem chato, como você poderá perceber em breve. E, bom, confesso que estou tentando me acostumar a essa nova rotina de vida que é ter um marido e uma filha.

Sim, eu me casei com Lopes e adotamos uma menina.

Calma! Calma! Não precisa me matar, guarda essa arma aí, prometo que vou explicar como tudo aconteceu, como percebemos que precisávamos um do outro, como tínhamos amor de sobra pra dividir com outra pessoa, no caso, nossa filha.

Você percebeu como minha vida virou de cabeça para baixo em questão de meses, certo?

Mas vamos esquecer um pouco do passado. Estou aqui, agora, para lhe contar um pouco mais do meu futuro e de como eu *quase* perdi o meu tudo: Noah Lopes.

Todas as vezes que olhava nos olhos dele, era como se eu já conhecesse cada pedaço de sua alma, e isso era incrível. Já quando ficava longe, era como se minha energia ficasse fraca, precisava dele o tempo inteiro perto de mim.

Como em qualquer outro trabalho que tinha que fazer, sempre mantínhamos contato todos os dias e, se deixassem, a todo momento.

"Você tem se alimentado direito?"

"Thalia foi para escola, me sinto sozinho. Ethan não quis vir aqui por pura preguiça."

"Amor, juro que sinto sua falta. A cama está tão vazia."

Recebi essas mensagens durante minha última viagem e, enquanto as lia, já estava dentro do avião a caminho para casa. Lembro que, no dia seguinte, nós nem saímos do quarto. Como diz Thalia: *insira* ***aquela*** *carinha aqui.* Dandara tem sido uma péssima influência para ela.

E por falar em Lúcifer, vamos ao dia em que assisti à minha vida virar outra vez ao avesso. O dia em que este ser, junto de Alex, Gaia, Hélio e Ethan, chegou à minha casa, alegando algo ridículo de se ouvir: que eu era um demônio em minha vida passada e que precisávamos recuperar a memória.

Sim, no momento, foi ridículo escutar tal absurdo, e Noah e eu nos entreolhamos. Eu? Um demônio da Ira, que havia sido invocado por ele? Confesso que nunca havia rido tanto. Ainda bem que Thalia não estava em casa naquele momento.

Dandara gritou que não tinha mais tempo para aquilo e, no instante seguinte, um vento forte começou a fazer com que as portas e janelas batessem. Bastou um toque em nossas testas e algumas palavras recitadas para que meu marido e eu caíssemos desacordados. E, na minha mente, lembranças invadiram meus pensamentos. Lembranças de uma vida que, um dia, me pertenceu.

Já recuperado, só me lembro de encará-los, assustado.

"Ele fugiu do purgatório."

Minha cabeça doía, eu sabia quem era.

"Sua filha está correndo perigo."

Todavia, nada foi mais desesperador do que quando os olhos de Noah encontraram com os meus. Ele me encarou, incrédulo, murmurando algo sobre decepção, sobre nunca mais querer me ver.

Meu coração se quebrou diante daquilo, porém, se quebrou ainda mais diante da escolha que tinha que fazer.

Pois é, busque um refrigerante, traga a pipoca e se apoie em um disco de vinil, porque estou prestes a lhe contar tudo que aconteceu, de fato.

Como *eu* quase fugi de Noah Lopes.

UM DIA É DO CAÇADOR...

Ô seu puto, você está atrasado!

Assim que desbloqueei o celular, essa mensagem estava ali e eu sabia quem era sem sequer ver o nome. *Dandara.* Ela adorava me xingar e não fazia cerimônia para isso, já estava até acostumado a não ouvir mais o meu nome saindo de sua boca. Apesar de que também retribuía da mesma forma, então estava tudo de boa. Apenas ignorei a mensagem e voltei a prestar atenção na estrada.

Eu me encontrava dentro do carro, dirigindo pelas ruas de Vila Girassol. A cidade em que cresci, onde fui adotado por uma bela família – louca o suficiente para aceitar o menino de cabelos azuis –, mas não se preocupe que, em breve, você poderá verificar tudo mais a fundo em alguma autobiografia, já que pretendo me tornar um empresário muito famoso.

Brincadeirinha.

Mesmo sendo no interior, Vila Girassol, ainda assim, conseguia ter um trânsito caótico, principalmente no período do inverno, já que por se tratar de uma cidade em que o clima era um pouco mais frio, algumas pessoas gostavam de visitá-la durante essa estação do ano. Eu adorava o estilo das casinhas de madeira, era como se eu estivesse vivendo fora do país, na minha localidade. As árvores altas eram tão legais, você deveria vê-las quando a temperatura cai. Sempre vou exaltar a beleza que é ver as folhas cobertas por pontinhos brancos.

Enfim, deixando todo esse momento *natura* de lado, consegui finalmente chegar ao centro. Estava no estacionamento do prédio que, por sinal, estava lotado. Havia percebido quando passei pela avenida há alguns minutos e a fila enorme estava instalada na entrada; as garotas gritavam desesperadas ao lado de seus pais. Eu me pergunto como eles deixam suas filhas lerem a história da *Dandara*, aquela depravada.

É, minha amiga, eu sei, apesar de tudo, o meu pano é azul e eu passo direitinho.

Já fora do estacionamento, puxei os óculos escuros de um dos bolsos do meu *blazer* e os vesti. Em seguida, caminhei, pela calçada, para a entrada do grande prédio. Tive a infelicidade das portas abrirem quando cheguei, e as meninas incontroláveis já estavam começando a se desesperar para terem acesso ao térreo, local em que seria a sessão de fotos.

– Que ótimo – resmunguei ao parar um pouco distante da porta de entrada.

Eu juro que só estava fazendo aquele esforço por causa da minha amiga; juro que não queria estar ali; juro que havia uma pilha de trabalhos sobre a mesa do meu escritório me esperando; juro que ficaria muito encrencado, se não os entregasse no tempo certo e que talvez algum *MC* ficaria muito puto comigo por não fazer meu trabalho.

Porém, eu juro também que não sabia que, ao atravessar aquela porta, minha vida mudaria para sempre.

Algumas pessoas já haviam entrado. Com o semblante fechado escondido pelos óculos escuros, acenei para o segurança do prédio que me reconheceu imediatamente, já havia feito alguns negócios ali. Este acenou de volta para que eu entrasse e, com certa dificuldade, abriu caminho para que eu passasse.

Empurrei a porta giratória de forma preguiçosa enquanto conseguia ver, com certa dificuldade, a mesa em que Dandara iria se sentar para autografar os livros de sua autoria, porém o mar de estrogênio que eu iria ter que atravessar era deveras imenso.

Comprimi os olhos ao passar pela porta e ser levemente empurrado por duas garotas.

— Sai da frente ô do cabelo azul! — uma delas exclamou ao olhar para mim.

Que abusada e malvada! Ah, como ela poderia implicar com meu cabelo? Era estiloso demais, único. Todos me elogiavam pela cor diferente.

Pausa para aula de biologia: Não, não sou um personagem de anime, apenas nasci com uma condição genética capilar um tanto diferente. Enquanto a maioria das pessoas possuem cabelos pretos, castanhos, loiros ou, em condições mais raras, ruivas, eu nasci com cabelos azuis. Somente 1% da população mundial é como eu. Ainda não se sabe exatamente como essa condição surgiu, mas sabe-se que está ligada à *eumelanina*, a melanina que varia dos cabelos escuros ao ruivo e que estranhamente está variando para o azul.

Mas vamos voltar ao caos por que eu estava passando no momento.

Ao conseguir me enfiar no meio de todo aquele mar de garotas, eis que consegui ver Dandara próximo à mesa, e a mesma acenou em minha direção. Eu me aproximei, já tirando meus óculos escuros e acenei de volta; assim, alguns seguranças de Nyota, que estavam perto, conseguiram abrir passagem para que eu conseguisse chegar próximo à minha amiga.

— Não é que tudo deu certo mesmo, *Diaba*? — Eu me aproximei da mesa. Envolvi a Nyota em um abraço apertado e, em seguida, dei um tapa de leve em sua nuca. — Tô vendo que você nem precisa da minha ajuda, *demônio*.

Apelidos carinhosos entre amigos almas gêmeas. Você acredita nisso? Pois eu, sim.

A morena riu divertida enquanto desfizemos o abraço.

— É porque eu sou muito boa.

Aos poucos, normalizei minha risada e, pela primeira vez ali, percebi um rapaz me encarando com a boca levemente aberta, parecia ser amigo da Dandara. Ele estava parado a uma pequena distância, ainda de pé. Quando se deu conta de que eu havia percebido, arrumou seu semblante e desviou o olhar para o chão, envergonhado. Todavia, eu não deixaria a oportunidade passar:

— E quem é esse *Don Juan* ao seu lado? — perguntei, mordendo o lábio inferior de leve e tentando não deixar uma risada baixa escapar ao ver o rosto dele ruborizar ainda mais.

— *Don Juan?* — A Nyota balançou a cabeça em negação. — Fala sério, Sylas. Não tinha nenhuma melhor?

Acabei rindo.

— Não — respondi normalmente. — Em seguida, me debrucei próximo à orelha da mais velha: — Não é assim que esboça romantismo?

— Puta merda, Sylas. — Dandara tentou prender o riso. — Vai ler o meu livro pra aprender alguma coisa, pelo amor do meu pai.

— Seu livro é sobre um demônio que atira discos de vinil, Dandara, no que isso vai me ajudar?

— Pelo menos ele sabe *desenrolar* com alguém, você deveria copiá-lo.

— Estranha. — Revirei os olhos.

Dandara costumava dizer que me invocou e sempre me comparava ao demônio de seu livro, dizia que meu gênio era irritante e que eu havia vindo a este mundo para aporrinhar e complicar a vida dela. Pudera, eu não ficaria surpreso.

Apenas ignorei os dizeres da Dandara e dei alguns passos, ficando ao lado do moreno e estranhamente senti uma calmaria que não estava entendendo, o que não era muito comum quando eu estava interessado em alguém.

Na verdade, eu não costumava sentir algo, porém gostava do momento de flerte.

— Me chamo Sylas Guo, tá vendo essa diaba morena parada logo ali? Pois é, sou empresário dela. — Ri baixo.

Ele brincou com os dedos, percebi sua perna direita mexendo, parecia ser algum tipo de mania envergonhada que ele tinha. E eu gostei disso. O moreno levantou o olhar, completamente sem jeito.

— N-Noah Lopes.

Sua voz soou como música aos meus ouvidos, senti meu estômago contrair e tudo parecia frio, eu não conseguia parar de encará-lo. E era como se os fãs da Dandara, fazendo todo aquele barulho, tivessem desaparecido, parecíamos somente nós dois ali.

Puta merda, a era adolescente apaixonado estava voltando. Essa não.

Nem posso me dar ao luxo, não sou assim.

— Noah? — perguntei. — Você me parece familiar...

— Ah, talvez meu nome seja bastante comum — sua voz saiu quase como um sussurro.

— Olha, eu duvido. — Eu me inclinei um pouco, ficando próximo à sua orelha. — Esse nome é lindo demais para pertencer a qualquer um.

Antes de me afastar, lhe dei uma rápida piscadela que ruborizou novamente suas bochechas, e percebi que Noah respirou fundo. Eu adorava brincar disso, de deixar as pessoas levemente desconfortáveis, era divertido ver até onde elas podiam ir, até onde elas podiam aguentar. Como toda aquela brincadeira iria terminar. De preferência, na minha cama.

Isso mesmo, eu curtia uns flertes, jogos de sedução, sei lá como se chama isso ao certo. E, bom, ao entrar naquele prédio e avistar aqueles olhos castanhos, não pude me segurar, ele era perfeito. Eu só pensava em tê-lo em minha cama no fim do dia, não podia mentir.

Dandara, você me poluiu. Olha como estou agora.

— Tudo bem, vamos parar com essa tensão sexual, pois titia Luci tem que trabalhar — resmungou Nyota, já me empurrando.

— Você deveria parar de se referir a si mesma como "Titia Luci", não combina com você. — Ri divertido ao girar nos calcanhares e andar até a minha cadeira, que ficava ao seu lado.

— Ah, pequeno demônio... — disse enquanto bagunçava meus cabelos.

A sessão de autógrafos seguiu chata e entediante, tive que me segurar para não dormir. Assistir à Dandara assinar aqueles livros e Noah trocar sorrisos com as garotas era deveras chato. Como eu queria um bom travesseiro para colocá-lo sobre a mesa e tirar um cochilo como fazia durante as minhas aulas de álgebra.

Amém, fórmula de Bhaskara.

Apoiado em uma de minhas mãos, fiquei observando como aquele moreno agia de forma simpática com as outras pessoas. Ele, pelo visto, tinha mania de colocar sua pequena madeixa castanha atrás da orelha, mesmo que caísse novamente em seu rosto.

Noah apertava o dedão quando estava extremamente animado, não pude deixar de sorrir com a reação dele ao receber um elogio por ser tão criativo.

Sentia uma vontade extrema de perguntar em que esquina da vida o encontrei antes ou se talvez Vila Girassol não fosse tão grande assim; ou, talvez, eu já o tenha ajudado a pegar os livros do chão como em um belo clichê adolescente.

Era estranho demais aquele sentimento que estava me dominando, eu não entendia o porquê, já que nos conhecíamos há algumas horas apenas e trocamos poucas palavras.

Eu juro, eu queria entender.

[...]

Dandara saiu às pressas, pois alegou ter um compromisso, então deixou que Lopes e eu cuidássemos do encerramento do evento.

As pessoas saíam de forma lenta, aparentemente satisfeitas com o dia e dizendo que tudo havia sido perfeito, até mesmo elogiando a beleza da escritora que já não se encontrava ali presente.

Estava encostado em uma das paredes apenas observando o movimento, quando pude avistar Noah, em um canto, organizando algumas caixas que estavam espalhadas. Cruzei toda a sala até ele e me aproximei de forma calma:

— Me dê algumas, eu te ajudo a guardar — pedi ao segurar uma das caixas.

— Uh? — Ele me olhou surpreso. — Não! Você é um empresário importante, não é bom para a sua imagem fazer esforço e...

— Ah, tudo bem. — Sorri. — É até bom, eles vão achar que sou uma pessoa proativa e nem um pouco preguiçosa. — *Apesar de querer estar dormindo durante toda a sessão de autógrafos.*

Observei que o moreno riu divertido, e me senti tão bem!

Após carregar um número considerável de caixas, estava deveras cansado. Queria minha banheira com sais de banho, água quente e, depois disto, uma massagem com tudo que tinha direito. Com uma das mãos na cintura, respirei fundo, antes de afrouxar a gravata.

— Oh... muito obrigado.

Fui retirado de meu cansaço profundo ao escutá-lo agradecer, girei os calcanhares e Noah olhou-me meio sem jeito. Aquele jeito envergonhado me deixava de uma forma...

— Ah, de nada — respondi. — Eu estava precisando de uma grana extra mesmo.

Ele riu novamente.

— Viu? Eu te fiz rir de novo! — comemorei, vitorioso.

— Mas não tenho dinheiro. — Ajeitou novamente a madeixa. — Eu adoro pessoas que me fazem rir.

E, sendo pego desprevenido, pela primeira vez naquele dia, quem ficou envergonhado fui eu.

Ao perceber o que havia dito, Lopes ficou mais sem jeito ainda e pediu licença para buscar suas coisas. Fiquei aguardando na entrada do prédio, um tanto ansioso, quando ele saiu do mesmo com algumas bolsas em suas mãos.

— Ah, você não quer uma carona? — perguntei gentilmente.

— N-Não! — disse. — Eu posso ir sozinho.

— Ah, aceite — pedi. — Você vai carregar todas essas bolsas? Não, eu não vou deixar. — Eu me pus em seu caminho e abri os braços. — A noite já está caindo em Vila Girassol, vai estar mais frio... — Abri um sorriso ainda com os braços abertos.

— Mas... — tentou argumentar.

— Daqui você não passa.

Noah me olhou enquanto ria baixo e, logo depois, assentiu, já indo em direção ao estacionamento. E eu apenas o segui.

[...]

Já dentro do carro, com tudo organizado, estava tudo pronto para irmos embora. Exceto por...

— Deixa eu te ajudar. — Eu me aproximei do cinto de segurança que ficava na parte superior do carro e puxei, já o prendendo firme. — Você havia esquecido.

Noah apenas assentiu, peguei sua madeixa castanha que insistia em esconder seu rosto e a coloquei atrás de sua orelha, e ficamos um tempo nos entreolhando. Os detalhes de seu rosto eram tão lindos que eu poderia ficar aqui durante um longo momento lhe contando todos os detalhes: a pele levemente bronzeada; os olhos que pareciam sorrir sem qualquer esforço e com um brilho sem igual; os cabelos um pouco curtos, mas o suficiente para que eu conseguisse brincar, enrolando um de seus cachos...

E como eu queria fazer isso.

De repente, baixei meu olhar e fiquei encarando seus lábios, eram tão convidativos. Eu não estava sentindo aquela vontade de tê-lo por uma noite, como costumava sentir quando encontrava com alguém que me atraía de alguma forma.

Era um sentimento tão estranho por quem eu mal conhecia, não estava conseguindo entender.

Estava me sentindo tão confuso, o conhecia apenas há algumas horas, e aquele homem estava me proporcionando sentimentos por uma vida inteira. Meu coração e a minha mente deveriam assimilar que ele era somente mais uma presa, afinal era o caminho mais seguro a seguir. Pelo menos, era isso que eu tentava, a todo custo, enfiar em minha cabeça.

Eu achava que era o caçador, quando, na verdade, estava sendo enlaçado por Noah Lopes.

...E O OUTRO DA CAÇA

Pisquei algumas vezes enquanto continuava a encarar os lábios do outro. Sinceramente, nem fazia ideia de quanto tempo estávamos ali, daquele jeito, a alguns centímetros de distância.

Você já sentiu que alguém não iria ser momentâneo em sua vida? Que até o cheiro da pessoa despertava em você sensações inexplicáveis?

Talvez eu estivesse sendo um pouco emotivo, pessoa que está acompanhando esta história, mas não queria só beijá-lo naquele carro, seguir para sua casa e deixá-lo. Ou até mesmo ficar por lá, fazer o que tinha que fazer e depois nunca mais aparecer na vida dele. Não, eu não queria ser sujo e canalha, como costumava ser com outras pessoas. O antigo Sylas provavelmente teria vergonha do que eu me tornei.

Antes que fizesse alguma besteira, afastei-me de forma brusca, e Noah me encarou sem entender.

— Está quente aqui, não é? — indaguei sem jeito, olhando para fora do carro enquanto mexia em minha própria gola.

Batendo nos bolsos das minhas roupas, achei a chave do carro no esquerdo de minha calça, peguei-a e, com certa dificuldade, tentei enfiá-la na ignição para dar partida com o carro.

De repente, escutei uma risada alta, e quando girei o pescoço, o moreno ria descontroladamente com a mão direita em frente à boca.

Eu o observei sem entender.

— Não entendi o motivo de tanto riso. — Cruzei os braços.

— Eu não acredito! — disse com dificuldade. — Você hesitou em me beijar.

QUÊ????

— Mas o qu- — Prendi o riso, encarando-o incrédulo. — E quem disse que eu queria beijar você?

— Você ficou encarando meus lábios, molhou os seus diversas vezes. — Seu pescoço girou para o outro lado. — Você queria, sim.

Eu não sabia o que dizer.

Minha boca se abriu em um perfeito "O", eu estava perplexo. Quem estava, em alguns momentos, todo corado com as minhas investidas mesmo?

— E-eu estava te respeitando, sou um perfeito cavalheiro — expliquei enquanto tentava não rir de nervoso.

— Ah, com certeza, e envergonhado também. — Lopes me encarou enquanto prendia o riso. — Todo fofinho enquanto estava nervoso.

Acabei desviando o olhar, levemente corado.

— Oh!! Você corou! — Senti seu indicador em minha bochecha e, em seguida, o moreno riu de mim. — Tá vendo, você não me intimida, caro Sylas. Só para deixar bem claro.

— Como assim não intimido? — indaguei. — Há algumas horas, você estava todo nervoso perto de mim.

— Aquilo foi um número — disse, virando-se para a janela e encarando o ambiente lá fora. — Caras metidos a alfas, como você, adoram o tipo indefeso e envergonhado, e eu só quis brincar contigo. Também sou amigo da Dandara, não se esqueça disso.

— Isso é algum tipo de estereótipo?

— Você não costuma ler muitos romances, né?

Quando abri a boca para retrucar, Noah sacou o celular do bolso e começou a mexer, decidi não alimentar a conversa.

Então, o desgraçado fingiu ser todo tímido para, logo depois, me pegar. *Ah, você me paga, Noah Lopes.*

[...]

Estava virando em uma esquina próxima à casa de Noah. Ainda bem que a noite em Vila Girassol não estava tão fria. Depois de muito dirigir, finalmente havíamos chegado, e fui diminuindo a velocidade quando o rapaz apontou para o seu prédio. O local era antigo e, em minha opinião, precisava de uma boa reforma.

— Você vive aqui? — perguntei.

— Sim — respondeu o moreno enquanto juntava algumas sacolas que estavam entre suas pernas.

— Oh, mas olha isso. Esse prédio é velho, parece que vai cair.

— Acabou de passar por uma reforma, Sylas, e mesmo com o que eu ganho com o livro, não dá para ter um apartamento de luxo no centro da cidade como aposto que você tem.

— Que nada, lá é pequenininho. — Ri baixinho.

— Aham, projeto de Mr. Grey[1]. — Novamente pôs a mão em frente à boca, antes de rir. — Como estava querendo me beijar, então está interessado em mim. Vai comprar meu trabalho e me dar um carro de presente também?

Suas bochechas ficaram vermelhas de tanto rir. Eu estava sendo feito de palhaço por aquele moreno, que parecia gostar de se divertir às minhas custas.

— Olha, eu não sou rico a esse ponto — respondi.

— Você é um Mr. Grey *poser*.

Comprimi os olhos ao escutar aquilo.

— E você é um tímido *poser*.

— Faz parte do meu charme — disse, depois de juntar as sacolas em suas mãos, já pronto para sair.

— Você é mesmo amigo da Diaba — falei. — Então, como eu estava dizendo, não tenho dinheiro para comprar seu trabalho, pelo menos não para isso. — Sorri. — Mas eu tenho dinheiro para comprar sorvete para nós.

— Olha quantas coisas tenho que levar ao meu apartamento. — Estendeu as sacolas para que eu pudesse ver. — Fora que eu mal conheço você. Sem chance.

---

[1] Referência ao poderoso empresário Christian Grey, protagonista da trilogia "Cinquenta tons de Cinza", de L.J Smith.

— Poderíamos nos conhecer tomando um sorvete, mas tudo bem. — Girei o pescoço e olhei para o outro lado, fingindo tristeza. — Então vou ter que comer sozinho o sorvete de biscoito, com pedaços de morango e cobertura de chocolate.

Logo tudo ficou silencioso. Eu tentava a todo custo prender o riso enquanto escutava a respiração nervosa do Lopes.

— Ok! Tá! — respondeu. — Só me ajude a levar essas coisas lá para cima.

E, sem perceber, eu abri um largo sorriso. Estava me divertindo mais com aquele rapaz do que me diverti em toda a minha vida. Lidar com pessoas da área em que eu trabalhava era apenas dinheiro e cobranças, era um saco. Não existia muito esse lance de piadinhas ou momentos descontraídos, mas com Lopes eu podia ser eu mesmo.

Logo depois de sair do carro, abri a porta do banco de trás, me preparando para pegar as pesadas caixas e sacolas que estavam ali.

[...]

— Oh! — eu disse depois da segunda colher cheia de sorvete. — Cara, puta merda, esse sorvete é bom demais.

— Sim! — Lopes respondeu. — Eu disse que aqui seria muito bom, e você queria ir a um restaurante caro.

Estávamos no que parecia ser uma pequena loja, onde vendiam diferentes tipos de doces, desde balas até açaí. Claro que, óbvio, eu queria levá-lo a algo mais chique, porque as pessoas com quem eu costumava sair frequentavam lugares assim, mas Lopes não pertencia à mesma realidade que eu.

E eu estava gostando disso, me levava a lembranças da minha infância, das quais eu havia me esquecido, era bom ser somente *"Foda-se, quero comprar um hambúrguer, então vamos comer um podrão na esquina."* Em partes, aquela realidade era bem melhor que a minha.

— Eu tenho a impressão de que já te vi em algum lugar.

Senti um forte frio no estômago e um nó na garganta, estava ficando nervoso outra vez sem saber o porquê. Quer dizer, eu também tinha aquele mesmo sentimento, de que já o conhecia.

— É. — Tossi. — Eu pensei o mesmo, nunca me senti tão confortável com alguém como me sinto contigo.

Pude vê-lo sorrir de canto enquanto puxava mais uma colher de sorvete.

Começamos a nos conhecer. Noah me contou que cresceu no interior e, conforme foi crescendo, os livros se tornaram seu refúgio, já que sua família era conturbada. Quando ficou mais velho, se tornou atendente em uma livraria, amava viver próximo aos livros e tinha uma paixão inexplicável por eles. Contou que havia escrito inúmeras histórias, mas que jamais teve coragem de publicá-las por achar que eram bobas ou nem um pouco impactantes. Até me contou um de seus enredos.

— Como assim nem um pouco impactantes? — Apontei para o mais novo com a colher. — É um gato que protege o dono! Tem coisa mais linda do que isso?

— Ah, eu não sei, Sylas — respondeu meio receoso. — Não é o tipo de leitura que geralmente as pessoas curtem.

Revirei os olhos. Juro que quis dar um tapa na nuca dele naquele momento.

Depois de terminar de contar sobre sua vida, seus sonhos, foi a minha vez.

Fui sincero, expliquei todo o meu estilo de vida e como não costumava me apegar a ninguém, muito menos que gostava de tomar sorvetes com qualquer pessoa e que ele deveria se sentir importante por estar dividindo aquele momento comigo.

— Então você é *cachorrão*, não é mesmo? — Noah riu debochando. — Tá mais pra um gatinho assustado.

— Você não cansa de implicar comigo. — Rimos.

— Talvez eu tenha nascido para isso. E você dá muito mole.

Depois de muita conversa, já estávamos contando um para o outro até mesmo situações constrangedoras de nossas vidas. Como quando eu mandei uma cartinha para uma garota no jardim de infância – Aposto que você já fez isso! – pedindo para namorar com ela, daí desenhei dois quadrados e, embaixo do primeiro, coloquei "sim" e no outro "não". Ela marcou o sim e nos tornamos namorados, sem nunca sequer termos encostado nossos lábios um no outro, apenas andávamos de mãos dadas na hora do lanche.

– Oh, que meigo – respondeu Noah. – Eu juro que tentei te imaginar com essas bochechas gigantes. – Depois de tocá-las com o indicador, Noah voltou a rir com a mão em frente à boca.

Enquanto balançava a cabeça, segurei a mão, com a qual ele insistia em esconder o sorriso, baixando-a para que pudesse vê-lo. E, sinceramente, eu nunca havia me sentido tão aquecido quanto naquele momento.

– Assim fica bem melhor.

Ganhei a minha noite quando o observei colocar a madeixa atrás da orelha antes de desviar o olhar, corado.

[...]

– Então, você está entregue – disse depois de parar o carro novamente em frente ao prédio de Noah.

Ficamos algum tempo em um silêncio assustador; eu não sabia o que dizer e sentia que ele estava na mesma situação.

– Então, é isso. – Suspirou. – Boa noite, Sylas.

– Boa noite, Noah.

Fiquei estático quando o moreno se inclinou sobre mim e beijou minha bochecha de forma demorada, parecia uma tortura ter seus lábios sobre uma parte do meu corpo que não fosse a minha boca.

Quando ele começou a se afastar para, então, sair do carro, a vontade desesperadora que eu havia sentido estava se fazendo presente outra vez.

E, sem pensar, eu agarrei seu pulso chamando sua atenção.

Lopes voltou a me encarar; segurei seu rosto com delicadeza e o puxei para perto, colando meus lábios aos dele.

Aos poucos, fui pedindo passagem para que nossas línguas batalhassem por espaço. Escorreguei a mão que estava em seu rosto para sua cintura.

Não demorou muito a começarmos a nos beijar de forma feroz naquele carro escuro, e eu jamais havia sentido tal sensação antes, ter sua língua acariciando a minha de forma tão ousada era deveras maravilhoso, tão luxurioso que eu estava fazendo de tudo para me controlar.

Até escutar algo entre o nosso beijo que me fez ficar perdido:

– Seria errado se fossemos *além*, no nosso primeiro encontro?

Eu não sabia muito bem se seria certo, mas quem não gosta de algo errado de vez em quando, não é?

MOMENTO CÓSMICO

Não sei em que momento foi uma boa ideia apertar a sua cintura mais forte enquanto nos beijávamos no carro, porém as coisas estavam fluindo em uma sintonia incrível.

Após um longo momento, explorando cada parte daquela boquinha deliciosa, Noah afastou-se ofegante.

Olhar aquele rostinho ruborizado, com os lábios inchados e o semblante perdido, era algo sem igual. *Era loucura!* Pensei e repensei, eu não achava uma boa ideia seguirmos adiante, porque se continuássemos ali, daquele jeito, iria terminar de uma forma que ambos estavam desejando que acontecesse.

E antes que eu abrisse a boca para dizer qualquer coisa, depois de alguns segundos em silêncio, Noah foi mais rápido e me convidou para subir, para que ficássemos um pouco mais em seu apartamento.

É, fodeu.

Fodeu um pouquinho.

E espero foder gostoso.

Puta merda, Sylas, que roubada você foi se meter.

Sai logo daqui, crise existencial.

Estacionei melhor o carro e saímos, a noite já havia caído. Seguimos para o prédio, onde passamos pelo porteiro que parecia estar cochilando atrás do balcão antigo, a segurança ali parecia ser de primeira mesmo.

Enfiei as mãos no bolso da calça e o segui, observei suas costas e subi para seus cabelos cacheados. Por um momento, me imaginei segurando-os firmemente enquanto...

– Sylas?

– O-oi? – perguntei rápido.

– Você não vem?

Noah estava parado, segurando a porta, já dentro do elevador antigo, enquanto me encarava com um semblante confuso. Apenas sorri sem jeito e entrei; ele apertou o botão de seu andar, ficamos encostados na parede, lado a lado e quietos. O elevador pode ser o seu pior inimigo quando precisa que ele seja decente. *Puta merda.*

Estávamos ali, sozinhos, apenas *(não) abençoados* pelo barulho irritante a cada andar porque aquela caixa de metal passava. O frio na barriga estava me consumindo, estava nervoso e não entendia ao certo o que estava acontecendo. *Meu deus, o que fazer?*

Quando o elevador parou no sétimo andar, acabei por agir, sem pensar em nada, estava cansado daquele nervosismo me consumindo, de não conseguir tomar controle da situação. Aquele não era eu, não era o Sylas de sempre; não sentia essas coisas e não seria agora que iria me deixar ser dominado.

Dei alguns passos até o painel e apertei para que a porta fechasse novamente, mantendo nós dois sozinhos naquele pequeno local, deixando os outros moradores, que estavam a fim de pegar o elevador, putos. Girei os calcanhares, encarando Noah que tinha o olhar confuso.

– Sylas? Tá tudo b-

– Shh...

Eu me aproximei, já encaixando minha mão nos fios cacheados, empurrei meu corpo contra Noah, forçando-o a se encostar na parede. Um suspiro escapou de seus lábios e pude sentir seu hálito quente contra meu rosto, seus lábios eram convidativos demais e, por Deus, eu só queria me afundar neles e nunca mais soltar.

Pensando nisso, eu os tomei sem qualquer delicadeza e pude sentir seu sorriso entre o beijo, esse desgraçado queria me deixar louco mesmo. Suas mãos seguiram para o meu pescoço, apertando ali, e eu não hesitei em descer minhas mãos por seu corpo para apertar forte a sua bunda.

Caralho, todas essas sensações estavam acabando comigo em um nível que não tenho como explicar.

De repente, o elevador parou, depois de dar um movimento forte, e eu tive que apoiar uma das mãos na parede. Era o andar em que deveríamos sair, mas o beijo estava tão gostoso que não conseguimos parar. Mordi de leve o lábio inferior de Noah, que gemeu baixinho, me deixando mais louco. Acabei por virá-lo, deixando seu rosto tocar o metal e encostei meu corpo ao dele, para que ele sentisse *o quão dura a situação estava;* me aproximei de sua orelha, sussurrando:

— Quanto mais rápido sairmos daqui, mais rápido iremos começar.

Então, Noah sorriu de canto e virou-se novamente, já segurando minha mão, para que saíssemos do elevador.

Apenas alguns passos e estávamos em frente ao seu apartamento; o cacheado puxou suas chaves do bolso e abriu a porta rapidamente. Depois, virou-se e me agarrou pela gola, me puxando para outro beijo.

Após passarmos pela porta, apenas a chutei de leve, para que se fechasse.

Tiramos os sapatos de forma desajeitada, e Noah me empurrou sobre o sofá e sentou-se no meu colo, voltando a me beijar.

As coisas fluíam assustadoramente bem entre nós, como se momentos assim já tivessem acontecido tantas e tantas vezes entre nós. Ele sabia em que local me tocar, eu sabia em que local tocá-lo; ele sabia como me provocar, e eu, como provocá-lo; era um jogo tão gostoso que eu queria ficar ali a eternidade.

Apertei forte sua bunda, sentindo-o arfar. O moreno tirou a própria blusa e, em seguida, abriu os botões da minha, jogando em qualquer canto.

— Eu preciso, logo... — Sua voz era falha. — Eu quero muito, Sylas. Por favor.

Era visível que o desejo incontrolável também o dominava, e isso deixava o meu pau ainda mais duro, se é que era possível.

O empurrei um pouco para que ele pudesse ficar de pé e desabotoei suas calças, deixando que escorregasse por suas coxas, junto de sua roupa íntima. Noah, ao tentar tirar de seu pé, acabou dando um passo para trás e se atrapalhou, caindo no chão sentado. Nós acabamos rindo da situação, mas não vou mentir que a situação cômica não durou muito tempo.

Abri um pouco a minha calça, deixando a peça em meus calcanhares e abaixei minha cueca para que meu íntimo ficasse exposto de uma vez. Estava duro, sedento e queria muito enterrar tudo naquela bunda que analisei disfarçadamente durante o dia inteiro.

Lopes, por outro lado, desviou o olhar para um canto qualquer e parecia envergonhado, um tanto hesitante.

Entendo, deixa só eu recapitular toda a situação: nos conhecemos em uma sessão de autógrafos; ao bater meu olho nele, sabia o quanto o queria, e isso ainda soava um tanto estranho em minhas palavras. Seguimos para casa dele, tomamos um belo sorvete no caminho e, agora, estávamos em seu apartamento, nos pegando firme.

Levantei um pouco e o puxei pela nuca, para que nos beijássemos novamente. E, aos poucos, voltei a ficar sentado. Noah estava na minha frente, de joelhos, parecia pronto para me dar um trato, e eu estava ansioso por isso. *Ajoelhou tem que rezar, meu bem.*

Ele não demorou muito a segurar meu pau, porém ainda parecia receoso, talvez envergonhado. Não vou mentir que isso me deixava ainda mais duro.

— Não precisa ter vergonha, vem cá, que eu imagino que a sua boca combina muito com isso aqui.

Mordi o lábio inferior enquanto voltava a segurá-lo pela nuca, puxando-o em direção ao meu pênis.

A sua boquinha, puta merda, a cada centímetro que ele ia engolindo, eu tinha que me controlar, e muito, para não encher cada cantinho dela.

Hora de pensar em coelhinhos correndo pelos campos de girassol, não quero acabar com essa brincadeira tão cedo.

— Caralho, Noah... — disse arrastado quando senti meu pau tocar sua garganta.

Voltei a encará-lo, o canto de seus olhos com algumas gotinhas, sua boca vermelha e inchada, graças aos beijos que trocamos antes. O moreno começou a mexer a boca em um movimento de vaivém que, meu Deus!

— Tudo bem? — perguntou ao parar os lábios na glande.

Ah, filho da puta.

— Sim... — minha voz escapou rouca.

De repente, ele engoliu tudo rapidamente e passou a sugar com rapidez, acabei por levar uma das minhas mãos aos seus fios de cabelo e ajudá-lo nos movimentos.

Brincar com aquela boquinha por longos minutos estava me deixando louco e eu não estava a fim de gozar naquela hora.

Então, o puxei para que se sentasse sobre meu colo, e meus dedos escorregaram até sua bunda. Mordi meu lábio inferior de forma rápida, antes de tomar os dele, novamente, em um beijo feroz.

Línguas molhadas e sedentas dançavam em um ritmo gostoso, mas logo essa dança foi interrompida quando ambos estavam em busca de ar.

Eu o observei por alguns segundos, tudo em Noah me atraía de uma forma sem igual. Eu nunca havia transado com alguém e sentido tudo isso, não acredito que estava me apaixonando por essa pica logo de primeira.

Pode parando, Sylas.

Escorreguei meus dedos para entre as suas nádegas, recebendo um arfar como resposta. Noah me beijou com mais intensidade, enquanto segurava uma de minhas mãos, forçando para que eu começasse a penetrá-lo com os dedos. Ele parecia impaciente.

— Calma, meu bem. Vamos ao quarto, mal começamos... — Logo depois disso, o beijei novamente e deixei que me guiasse até o bendito quarto.

Aos beijos, tropeçando em várias coisas ao longo do caminho, chegamos até o quarto. Mas não é como se eu fosse olhar e dizer sobre o bom gosto dele para decoração ou como pisei em várias coisas jogadas no chão que Deus sabe-se lá o que eram.

Ele me empurrou na cama, ficando por cima, rebolando pelo meu membro descoberto, me fazendo arfar pelo ato, enquanto eu o masturbava.

Além de gostoso, era ousado. Estaria eu ganhando na loteria?

Noah tirou minhas mãos de seu pau e colocou em sua bunda, me fazendo perceber o quanto me queria dentro de si. Sorri com seu ato impaciente, não podia negar um pedido desses.

Quando o penetrei com os dedos, ouvi seu gemido de alívio e também desconforto, suas costas arquearam e ele fazia de tudo para tocar mais em mim.

Em um gemido mudo, coloquei mais um e fui aumentando gradativamente a velocidade até que fiquei satisfeito com isso. E obviamente, até o meu amiguinho cansar de esperar, convenhamos, Noah era gostoso demais para que eu me segurasse.

Suas expressões me faziam ficar tão perdido e com a mente completamente nublada; eu podia sentir o meu pau latejar embaixo dele; era o mínimo de se esperar com essa beldade em cima de mim, os gemidos eram o suficiente para causar um estrago.

Enquanto uma das mãos estava ocupada dando-lhe prazer, a outra o masturbava, fazendo com que se contorcesse cada vez mais, dando a visão privilegiada das reações provocadas por mim.

Tirei os dedos e peguei a camisinha que estava na mesa ao lado da cama. Pincelei sua entrada com meu pau castigado pela demora, e ele me puxou para um beijo nem um pouco suave. Eu sabia o quanto Noah estava necessitado por mim e é óbvio que iria dar demais.

Por isso, não hesitei em penetrá-lo novamente, sentindo o seu interior me apertando e tentando me expulsar;

segurei fortemente a cabeceira da cama enquanto respirava fundo, sem controlar meus gemidos.

Assim que comecei a me mexer lentamente, eu pude ver a impaciência no seu rosto e foi impossível não sorrir com as feições dele.

— Prefere que eu vá assim? Hm? — sussurrei perto do seu ouvido, estocando fundo e ouvindo o gemido alto de Noah. E tem como resistir a uma resposta tão educada vinda dele? Aliás, tem como resistir ao Noah Lopes? Garanto que não.

Por essa razão, cansado dessa pequena tortura, decidi aumentar a velocidade, sem dó alguma, dando aquilo que ele queria, e eu também desejava.

O local era preenchido pelos gemidos altos de prazer e pelo barulho alto dos nossos corpos se chocando, estávamos em êxtase. Nunca me senti tão bem. Parecia que eu já conhecia cada pedaço do seu corpo.

E que corpo, hein.

Nós nos movemos em conjunto, querendo cada vez mais contato, porém ele afastou minhas mãos da sua bunda e começou a sentar em mim enquanto apertava os meus ombros e gemia no meu ouvido.

Apertei as nádegas dele enquanto decidia ajudá-lo, afinal sexo era uma parceria, não é mesmo? Então, sem hesitar, comecei a mexer o meu quadril, indo mais fundo nele. Nossos gemidos se tornavam cada vez mais altos, mas não é como se eu ligasse para isso. Ao contrário, quero que se fodam. Nunca tive uma foda tão boa na minha vida.

— Por favor! — pediu enquanto ondulava novamente o quadril. — N-não para, Sylas. E-eu já estou quase...

Minhas mãos apertavam forte seu quadril, puxando-o contra o meu. Estávamos na cama de seu quarto, nus e sem qualquer pudor. Nós havíamos, de fato, ido *além* no nosso primeiro encontro.

Bom, eu não sabia se era errado, mas estava delirando de prazer.

Eu o empurrei contra a cama quando senti sua entrada contrair novamente, esmagando meu membro, o puxei de leve para que se virasse e me encaixei entre suas pernas, voltando a penetrá-lo com força, como havia pedido. As palavras escorregavam de seus lábios enquanto eu brincava com seus testículos.

— Puta merda, isso é tão bom.

Suas bochechas levemente rosadas não deixavam mentir, a forma como os lençóis ficaram presos em seus dedos também não. Era incrível o que estávamos fazendo, o sexo, a sintonia que tínhamos. Jamais havia me sentido daquele jeito como estava me sentindo com Lopes. Não conseguia ficar longe de seus lábios, nem manter minhas mãos longe de seu corpo, era como se tudo fosse feito sob medida para mim. Eu conhecia seus pontos fracos durante a transa, sabia o que fazer para ele rir durante uma conversa, eu adorava todas as suas manias.

E só nos conhecíamos há algumas horas.

— Como você é apertado. Eu não consigo parar. — Arfei novamente enquanto deslizava minha mão para a extensão de seu pênis, acariciando ali em um movimento de vaivém na mesma velocidade das estocadas.

— Sylas, me faz gozar, eu quero goz... — pediu de forma manhosa enquanto revirava os olhos.

Lopes estava perdido em êxtase, assim como eu. O suor que escorria de nossos corpos se misturava, conforme mexíamos nossos quadris um contra o outro, e não demorei muito a sentir um formigamento gostoso.

— Noah, eu vou gozar.

— E-eu também. Por favor, me ajuda a...

Eu me desfiz em seu interior, enquanto Noah gozou, sujando nossos abdomens. Eu caí ao seu lado, sem dizer qualquer palavra e adormeci logo em seguida, sendo dominado pelo cansaço prazeroso que aquele homem maravilhoso havia me proporcionado.

VOCÊ NÃO ESTÁ MAIS SOZINHO

Passou quase um mês, desde aquela noite. Lembro-me de sair pela manhã enquanto o mais novo dormia, deixei o número do meu telefone em sua cômoda, porém ele sequer retornou. Eu fiquei sem entender. Será que havia feito algo de errado? Será que o havia tratado mal? Será que Noah não havia gostado?

Apoiei meu queixo nas costas de minha mão e passei a olhar para fora de meu escritório. A vista era alta, estava a muitos metros do chão, as pessoas pareciam formiguinhas, teria sido bom se, sei lá, de repente, Noah passasse por ali. Na verdade, todos os dias, eu olhava atentamente as ruas de Vila Girassol, na esperança de encontrá-lo novamente.

Eu passei as últimas semanas mal, pensando sobre. Era impossível me concentrar no trabalho, era impossível não pensar nele e não imaginar o que estava fazendo, o que Lopes estava pensando. Estive algumas vezes em seu apartamento, porém nunca fui atendido e, pelo visto, ele não respondeu aos recados que deixei em sua porta. Dandara ainda estava sumida, então não conseguia arrumar uma desculpa para aparecer em seu trabalho.

— Sr. Guo... — cumprimentou a jovem, ao abrir a porta de meu escritório. — O senhor fecharia um contrato e pediria apenas cento e cinquenta reais?

— Tem razão, Luiza, são cento e cinquenta mil reais. — Suspirei e peguei o papel que me foi oferecido. — Eu ando tão distraído que nem percebi.

– Ah, tudo bem, Sr. Guo. – Sorriu meiga.

Corrigi o preço e assinei o documento importante, em seguida, devolvi à Luiza, que deixou meu escritório, voltando à recepção. Suspirei cansado, girando minha cadeira e ficando de frente para a grande janela, observando o Sol se pondo, atrás daqueles prédios gigantes da cidade.

Eu me assustei quando o celular começou a vibrar no meu bolso, e, ao pegá-lo, vi o nome da idiota mais irritante brilhar na tela:

– *FALA, MEU MR.GREY FAVORITO!*

– Por que está berrando, Dandara? – Tirei o celular um pouco da orelha.

– *Eu estou na casa do Hélio, acabei de voltar de viagem.* – Escutei alguns barulhos. – *Ei, sua pestinha, larga esses livros!*

– É a Cookie de novo? – Ri baixinho da gata do Hélio.

– *Sim, ela tentou roçar aquelas unhas na minha calça. A MINHA CALÇA CARA!* – ralhou. – *Eu vou sumir com ela quando ninguém estiver olhando.*

– Além do Hélio querer matar você e o Ethan também, não se esqueça de que farei o mesmo.

– *Diz isso porque ela gosta de você, urgh.* – Pude escutar o miado no fundo. – *E então, como estão as coisas com o Noah? Você não perde tempo, Sylas.*

– Argh, que nojo você me chamando de forma fofa com essa voz. – Eu me ajeitei na cadeira. – Eu não sei como estamos...

– *Como assim "não sabe"? Vocês transaram!* – Dandara basicamente berrou. – *Não tem nada mais íntimo que isso, meu siyah é cannon* de novo!

– De novo? – Não entendi o que queria dizer.

– *Erro de palavras.* – Escutei sua risada baixa.

– Enfim... – Suspirei. – Já passou quase um mês, e ele sequer me ligou; eu deixei meu número, deixei recado, fui ao seu trabalho, mas ele não fica por lá.

– *De fato, ele tem trabalhado de casa. Mas ele me ligou dois dias depois do acontecido.*

Meu coração quase saiu pela boca, dançou na minha mesa e voltou.

— Noah disse alguma coisa? Disse se eu fiz algo errado? Você nem pra me contar, demônia.

— *Calma, Sylas* — pediu. — *Bom, ele parecia meio confuso com tudo aquilo. Até porque você não é o primeiro com quem ele ficou, sabe? E com o primeiro cara, ele não teve uma boa experiência.*

— Como assim? — perguntei.

— *Noah se apaixonou intensamente pelo primeiro cara, quase o apresentou à família.* — Deu uma pausa. — *Mas infelizmente seu pai acabou descobrindo antes e bateu nele, bateu muito, dizendo que jamais aceitaria que o filho dele fosse "assim".*

Engoli seco, minha garganta quase fechou.

— *Que era vergonhoso...* — Fungou. — *O primeiro cara não fez nada e pulou fora quando Noah disse que queria apresentá-lo aos pais, mesmo depois de tudo que aconteceu. Ele não queria tornar o relacionamento público, não queria que as pessoas soubessem.*

— E-Eu não sabia disso.

Eu me senti mal, principalmente porque meu interesse começou de forma tão errada.

— *Lopes me disse que estava com medo de falar com você, porque a sintonia que tiveram foi assustadoramente boa, tão assustadora que ele sentia, a todo tempo, que sabia tudo sobre você.*

Era exatamente tudo que eu sentia, como se Noah tivesse sido feito especialmente para mim.

— *Ele me disse que estava se sentindo sozinho, que não sentia que era amado. Que tinha medo do pai descobrir outra vez, medo de você ir embora também.*

— Eu quero vê-lo, Dandara. — Minha voz tremia, estava chocado com tudo aquilo. — Eu preciso...

— *Bom, você sabe que estamos no mês de junho, certo?* — Sim, eu sabia o que fazíamos todo ano naquele mês. — *O festival LGBTQIA+ de Vila Girassol vai acontecer neste fim de semana, eu voltei só para irmos. Ethan saiu para comprar algumas coisas para levar. Vou tentar convencer Noah a ir. Quem sabe, ele se sinta melhor, se sinta em casa?*

– Por favor, faça isso. Por favor. – O meu coração estava apertado. – Ele precisa saber que não está sozinho.

– *Tudo bem, eu vou dar o meu melhor, amigo.* – Suspirou. – *Preciso ir agora, antes que Ethan descubra que comi todo o queijo.*

Ri baixo. Dandara não tinha jeito. E, com certeza, o *mano inglês* iria matá-la quando descobrisse.

– Ok, nos falamos depois.

[...]

O fim de semana finalmente chegou, mesmo que o tempo tenha se arrastado mais do que uma lesma.

Dandara havia me ligado na noite anterior, avisando que Noah iria e onde deveria encontrá-los, mas ele não sabia que eu estaria presente. Confesso que não conseguia distinguir o que estava sentindo, era um misto de ansiedade, medo... Eu realmente não sabia.

Eu me olhei novamente no espelho da sala do meu apartamento, estava vestindo uma camisa preta confortável e uma calça jeans, seguido de um boné rosa. Não queria parecer o executivo Sylas Guo, queria parecer apenas Sylas, um cara qualquer, sem jeito de hétero *top,* por gentileza.

Peguei as chaves, a carteira e segui para fora do apartamento. Após trancar a porta, andei até o elevador e quando o mesmo abriu, entrei e apertei o botão para seguir até a garagem.

Já fora do elevador, caminhei até meu carro e, depois de entrar, dei a partida para seguir até o meu destino. Estava ansioso para chegar, pensando em tudo que havia acontecido naquele dia.

Lembrando-me daquele sorriso brilhante a cada colherada de sorvete, era como se *flashes* passassem por minha mente toda vez que aquela cena voltava à minha cabeça. Como se eu estivesse revivendo aquele olhar em outro lugar, meu coração se aquecia de uma forma.

Definitivamente, o antigo Sylas teria vergonha do bobo apaixonado que eu estava me tornando. E pior, por alguém que eu mal conhecia.

Sei que parece coisa de *fanfic*, mas juro que não sabia o que estava acontecendo.

Meu celular brilhou, era Dandara, pude ver sua mensagem na tela, dizendo que eles já haviam começado a andar e estava tudo muito bonito.

Enquanto dirigia, avistei um belo campo florido. Nunca entendi por que se chamava Vila Girassol, quando nunca havia visto um girassol sequer nessa cidade.

Sorri pensando sobre. Ao voltar o olhar para a estrada, decidi diminuir um pouco a velocidade. Não faria mal fazer uma pequena paradinha.

[...]

Já fazia alguns minutos que estava andando por aquela multidão. Fui cumprimentado por, pelo menos, umas cinco pessoas ali, era reconfortante saber que estava no meio de um festival tão lindo, e me sentia em casa. A avenida estava lotada.

Dandara havia marcado comigo em frente à loja de conveniência, que não ficava muito longe dali. A música era alta e eu podia ver alguns casais apaixonados sorrindo; outros, em grupos de amigos, curtindo. O amor estava ali, eu podia sentir.

Fui aproveitando enquanto caminhava com as outras pessoas, algumas olhavam para mim, visto que estava segurando uma flor que, por sinal, estava amassada, graças à minha gentileza em deixá-la sobre o banco.

Uma *vibe* meio romance adolescente e afins.

Pude avistá-los de longe, Ethan estava com uma câmera, fotografando diversas coisas; Hélio estava ao seu lado, sussurrando em seu ouvido; Dandara estava próximo ao Noah, conversando sobre alguma coisa. Fui me aproximando aos poucos.

– ... Eu não sei bem, eu me sinto tão liberto aqui.

– É porque aqui você pode ser você mesmo, não há ninguém para te reprimir – respondeu Dandara e logo olhou em minha direção.

– Olha quem chegou, minha donzela!

Fiz uma careta, corando de leve. Um pouco envergonhado, escondi as mãos atrás do corpo. Eu me aproximei e cumprimentei todos, deixando Noah por último, estava extremamente nervoso.

– Oi, Sylas... – Fui interrompido por um barulho alto.

Antes que eu pudesse cumprimentá-lo, um rapaz próximo a nós, começou a gritar algumas coisas. Que deveríamos nos arrepender por sermos daquele jeito; que pessoas do mesmo gênero não podiam ficar juntas; que tudo era apenas uma fase. Ele estava junto a um grupo que estava na calçada, aqueles que são contra nós em todos os aspectos.

Infelizmente, era comum essas pessoas atrapalharem até um festival, que tinha como propósito nos fazer sentir bem. Mas, de certa forma, não foi aquilo que fez meu coração doer, porque sinceramente eu não me importava com o que eles pensavam a respeito da minha sexualidade. O importante era o que eu pensava, apenas. Meu coração doeu quando olhei para Noah, que tinha os olhos marejados.

Observei sua mão tremer, o seu olhar assustado, ele estava congelado no mesmo lugar. De repente, eu agi sem pensar. Andei até ele, me pus à sua frente, envolvi seu corpo com meus braços e abracei Lopes o mais forte que pude, escondendo sua cabeça em meu peito, para que ele não os visse, para que ele não os escutasse.

A polícia começou a pedir ao grupo que se calasse.

Logo, senti minha blusa ficar molhada, seu corpo estava tremendo e pude escutar alguns soluços baixinhos. Dandara acenou, dizendo que estava indo a outro lugar, com Hélio e Ethan. Eu passei a afagar os cabelos do mais novo, e suas mãos agarraram forte a minha blusa.

Aos poucos, seus soluços foram cessando.

— Sabe, Noah, você não deve se importar com o que essas pessoas dizem, você é incrível do jeitinho que você é. — Beijei o topo de sua cabeça. — Jamais pense que o que você está fazendo é errado. Amar não é errado.

Lopes desfez um pouco o abraço e me encarou.

— Eu sei que... — comecei. — Que fiz errado em não falar com você, antes de ir embora naquele dia, mas assim como você, eu também estava assustado. Estava assustado com como você conseguiu fazer eu me sentir tão incrível naquela noite, como parecia saber tudo sobre mim, tudo o que eu gostava. Eu fiz errado, me desculpe. — Noah continuou me olhando enquanto limpava o rosto com as costas da mão.

— Eu quero muito fazer as coisas da forma certa, eu não sou apenas mais um, ok? — disse. — Eu prometo que não serei.

Desfiz o abraço por completo enquanto o mais novo me olhava curioso, com o nariz levemente avermelhado, devido ao choro.

— Eu quero que tudo seja diferente. — Mostrei a flor amassada em minhas mãos. — Olá, eu me chamo Sylas Guo. É um prazer te conhecer, estranho.

Pude escutar uma breve risada, seguida do som de seu nariz fungando.

— *Qual foi*? — perguntei enquanto ria. — Por favor, diga algo! Não me faça parecer um idiota.

— Eu sou Noah Lopes, Sylas. É um prazer te conhecer — sua voz saiu um pouco rouca.

Logo após pegar a flor, começamos a caminhar lado a lado. Noah parecia estar mais calmo, começamos a andar para longe dali.

— Eu também peço desculpas — disse enquanto desviávamos de algumas pessoas. — Não liguei porque fiquei com certo receio.

— Oh, tudo bem, eu entendo.

Começamos a conversar um pouco sobre nós, cada um contou um pouco. Noah parecia mais feliz e tranquilo. Pegou a flor e colocou nos meus cabelos, logo depois, começou a rir alto.

Enquanto caminhávamos, percebi que ele estava observando um casal próximo a nós, os dois estavam de mãos dadas. Após constatar, eu segurei a sua mão e passamos a andar juntos.

– Você não está mais sozinho.

Depois de dizer aquelas palavras, olhando em seus olhos, sorrimos um para o outro.

Desde aquele dia, eu percebi que Noah Lopes era tudo que eu necessitava para a minha vida. Era o ar de que eu precisava pra viver, o pilar que me ajudaria a ficar de pé, o meu chocolate preferido da caixa de bombom.

Enfim, ele era tudo.

Então, enfrentei tudo que foi preciso para estar ao lado dele. Um mundo homofóbico que não era sequer a favor do nosso amor, todavia com muito apoio dos meus amigos, pude criar coragem e vencer todos esses obstáculos, porque nada era maior do que o meu sentimento por ele, algo que transbordava, algo verdadeiro e que ia além da compreensão humana.

[...]

Era uma vez, uma bela jovem moça, que tinha ambições e despertava muitos sentimentos nas pessoas que passavam por sua vida. Assim como seus belos cabelos, que pareciam tão macios quanto a lâmina de sua espada, o que é até engraçado de se dizer, ela era encantadora com suas piadas divertidas e seu jeito de colecionar objetos um tanto fora do comum.

Sendo a primogênita da sétima linhagem, apesar de viver em uma época em que mulheres empoderadas não podiam sequer pensar em colocar sua personalidade à frente, a jovem moça nunca deixou para trás.

Infelizmente, era aprisionada por uma maldição que foi lançada pelo criador de todas as coisas, algo que atravessava gerações consigo, que havia caído sobre si como uma vingança. A bela moça pagaria com a sua vida: a imortalidade.

Apesar das peças que a vida pregou à bela jovem, ainda assim, ela nunca se deixou abater e seguiu sorrindo. Em uma de suas caminhadas, desembarcou na China, em um momento em que existia um forte Imperador liderando um exército destemido. Aos poucos, a moça foi se tornando muito famosa no povoado, por saber apontar a direção certa para as pessoas e ajudá-las nas decisões. Mas ela nunca mostrava seu rosto, andava pelas ruas, coberta por sua capa escura e brilhante.

E o Imperador, sabendo dos rumores, decidiu que precisava de sua ajuda para se preparar para a guerra que estava por vir. Ela aceitou de bom grado e, coberta por sua manta, chegou humildemente ao grande palácio.

Em frente ao Imperador, ela deixou que a sua veste caísse, mostrando seu rosto, o que deixou o homem surpreso e encantado. Ele a indagou sobre suas dúvidas, e ela, com um belo sorriso, o aconselhou sobre o que fazer.

Depois de sua saída, o Imperador não conseguia esquecer aquele belo sorriso, aquela moça... Só pensava na mesma, dia após dia, noite após noite.

Ao vencer a guerra, da qual ele fez questão de participar, o homem voltou confiante e destemido a se aproximar daquela mulher. Ele a procurou por todo o povoado, incansável e desesperado. Corria pelas ruas, sentia que devia falar com ela, que deveria ser o primeiro a ver naquele momento.

Depois de tanto procurá-la, encontrou em sua pequena cabana, preparando o almoço.

Lá, sem jeito, explicou que o seu conselho havia dado certo e agradeceu. Sim, o frio Imperador sentia seu coração amolecer diante daquele sorriso.

Com o tempo, passou a solicitar sua visita constante ao palácio, muita das vezes só para ficar observando-a falar sobre conselhos para guerra ou o quanto achava engraçado os cabelos dos soldados. E, nessas pequenas coisas, um amor entre os dois nasceu e, com isso, se gerou uma nova vida que veio a este mundo com belas bochechas grandes.

Entretanto, a maldição se fazia presente e sempre a acompanharia.

A jovem moça não conseguiu largar esse sentimento e, ao pensar na possibilidade de assistir ao seu filho envelhecer, não sentia que conseguiria passar por esse momento.

Seu marido, a cada dia mais frio, também não ajudava nos pensamentos que a assombravam.

Tendo em vista isso, secretamente, em uma noite fria, ela fugiu do palácio, deixando seu filho para trás, com uma breve carta em seu berço.

O Imperador, ao procurá-la por todo canto, apenas encontrou a pequena carta com palavras simples e diretas, dizendo que não podia mais ficar ali, mas que amaria o próprio filho até o último suspiro.

"Nós nos encontraremos outra vez."

Agarrado à amargura de ter sido abandonado, ele também decidiu abandonar aquele que ajudou a gerar.

O filho, sem entender o porquê da frieza do pai, tentou a todo o momento viver de uma boa forma, mesmo que sozinho. E assim ele cresceu, sem o apoio familiar, mas sendo guardado por sua mãe, que cuidava de seu filho mesmo que de longe.

Infelizmente, como todos que existem, nossa missão na terra tem um prazo de validade e o do rapaz não foi diferente. Logo, chegou a sua vez.

Ao ver o filho morto, a mulher só conseguia pensar em todos os momentos que perdeu em sua jornada, pelo egoísmo de não suportar saber que, um dia, seu filho partiria.

É dito que a bela moça procura por seu filho até hoje, na tentativa de encontrá-lo em outras vidas, para consertar o seu erro.

— E você ainda não está dormindo? — eu disse ao me ajeitar na poltrona branca.

— Eu adoro essa história, papai. — Sorriu ao forçar para me levantar, e eu me aproximei da cama em que a pequena menina de cabelos cacheados estava segurando o cobertor.

— Eu sei, minha vida. — Fiz um carinho. — Você fica muito concentrada. Mas agora precisa *mimir*, tá bem? Papai precisa trabalhar cedo amanhã.

— Tá bem.

Levei o dedo indicador à ponta do nariz da menina e toquei com delicadeza, fazendo-a sorrir e, logo depois, ouvi um "boa noite" baixinho e não pude deixar de sorrir com a fofura.

— Boa noite, Thalia.

O GENRO NÃO TÃO GENRO ASSIM

Alguns anos passaram, estávamos casados e felizes. Adotamos uma linda menina, que tinha oito anos na época, optamos por uma criança mais velha, visto que normalmente são as mais difíceis de serem adotadas. Os casais geralmente optam por bebês, pois podem moldá-los da forma que quiserem, no caso, criá-los. Já eu penso diferente, defendo a ideia de que caráter não tem nada a ver com idade, isso está em sua alma, como você é. Se tiver que ser uma pessoa ruim, você vai ser, independente de sua criação.

Mas, enfim, pulando todo esse papo sério, adotamos uma linda menina em um dos orfanatos de Vila Girassol. Thalia, seu nome, que agora é uma garota de dezesseis anos, doce, meiga e bem-humorada.

– PAI! PAI!

Era sábado quando escutei os gritos vindos do banheiro principal. Estava trabalhando no escritório de casa, enquanto Noah estava na cozinha preparando o almoço. Quase saltei ao escutar o som da voz de Thalia completamente desesperada, corri até o cômodo com o coração disparado.

Quando cheguei até lá, não pude segurar o riso. Os seus cabelos cacheados estavam presos para cima, como um espanador, e ela olhava completamente furiosa para o espelho.

– O que houve minha filha? – Tentei segurar o riso.

— O meu cabelo não quer ficar trançado, eu não estou conseguindo.

— Você não tem paciência, filha. — Estalei a língua. — Eu sempre digo a você para chamar o papai, que eu ajudo. Deixa-me ver isso, feche os olhos.

Então, ao invés de fazer uma linda trança, soltei seus cabelos e puxei algumas mechas, prendendo atrás com uma presilha florida.

— Pronto, pode abrir.

Seus olhinhos brilharam em admiração, sua boca abriu em um perfeito "O". Ela ficou um tempo mexendo em seus longos cabelos, logo depois, se virou desconfiada.

— Você foi um cabeleireiro em outra vida?

— Não vou revelar o meu segredo. — De repente, puxei sua mão e passei um dos meus braços em volta de seu pescoço.

— Se não, vou ter que te matar de cócegas.

Em seguida, pude escutar seu grito e ela começou a correr. Thalia jamais conseguiu fugir de mim nessas situações. Eu a alcancei no corredor e comecei a fazer-lhe cócegas, a menina começou a rir descontroladamente.

— O que vocês estão aprontando, hein?

Noah apareceu; em suas mãos, havia um pano de cozinha e ele estava secando-as. Pude ver sua aliança brilhante em sua mão esquerda, que me enchia de orgulho toda vez que eu batia os olhos ali.

— Nada, sua filha que nunca sabe como fazer um penteado bonito. — Recebi um pequeno tapa no braço. — Ai!

— Papai, eu sei, sim! — Um bico se formou em seus lábios.

— Eu não duvido, ela vive insistindo em fazer tranças de manhã, antes de ir à escola. — Lopes encostou-se à parede.

— Pois é. — Foi então que percebi algo. — Aliás, hoje é sábado. Por que você está se produzindo toda? Vestiu até a blusa nova que comprou na última semana.

— Porque eu tenho um encontro, o pai Noah não disse?

Olhei para o dono daquele nome e o mesmo estava estático, como se pensasse *"Ops, fiz merda"*. E eu, bom, eu estava PUTO da vida. Odiava ser o último a saber das coisas, principalmente algo relacionado à minha princesinha.

— Noah Lopes Guo — minha voz soou perigosa.

— Eu esqueci — choramingou. — É que você esteve viajando essa semana, eu esqueci mesmo.

— Você me mandou mensagem, dizendo que estava sentindo saudades de certas coisas, mas esqueceu de avisar que sua filha vai sair com um pervertido? — As palavras saíram rápidas.

Noah era inacreditável.

— Pai, ele não é um pervertido.

Eu me virei e olhei para Thalia.

— Ele é um aluno de intercâmbio, veio da Inglaterra e é muito educado, inteligente e legal. Está passando um tempo no país.

— Sim, vai falando.

— Nós temos aula de religião juntos, foi lá que o conheci e imediatamente me apaixonei, como você pelo pai Noah.

— Mas era diferente, o papai não era um pervertido.

— Sylas! — chamou Noah. — Para de falar assim do garoto, você não o conhece.

Foi então que tive uma ideia.

— Está certo, eu não o conheço, então quero conhecer. — Abri um pequeno sorrisinho. — Peça que ele venha aqui, antes do encontro de vocês, e vamos ver no que vai dar.

O sorriso diabólico em meus lábios era perceptível, não conseguia conter a excitação.

— Como uma conversa sobre penteados virou tudo isso? — indagou meu marido.

— Foi quando você esqueceu de virar para mim e dizer: "Vida, nossa filha vai ter seu primeiro encontro".

— Na verdade, pai, é o terceiro — disse Thalia com um sorriso amarelo.

— Ih, fui. — Só deu tempo de escutar os passos. Em outro momento, meu amor já estava longe.

Apenas suspirei, tentando manter a calma e contei até dez mentalmente. Com Noah, eu me resolveria no fim do dia, na cama. Sua punição seria tremer debaixo de mim. Já com Thalia, havia chegado o dia em que eu mais temia: o dia em que um pervertido roubou seu coração.

[...]

Já era tarde quando estava sentado na poltrona da sala e Thalia estava, na minha frente, no outro sofá. Parecia nervosa, batia seu pé a toda hora. De repente, quase deu um salto no momento em que a campainha soou. Olhei em meu relógio: três horas da tarde, como ela havia combinado. Ele era pontual, então.

Eu me levantei ao escutar a porta principal ser fechada. Noah, o traidor que havia ido ao banheiro, voltou, aproximou-se do cômodo e logo parou ao meu lado.

Foi, então, que ele apareceu, e, para o meu espanto, era como se eu estivesse me vendo aos quinze anos. Tudo bem que já estava com meus trinta e cinco, não era de se jogar fora. Mas, cara, ele parecia um pouco comigo. Os cabelos escuros, os olhos um pouco pequenos e tinha uma pinta próxima à boca, como a minha, próxima ao olho. Vestido com roupas informais, mas nem um pouco extravagantes, bem simples. Esse era o tal pervertido que, sinceramente, parecia ser um bom garoto.

— Parece que você tem um filho perdido — Noah disse em tom de brincadeira enquanto se aproximava do rapaz.

A única diferença era que ele tinha a mesma altura que eu, sendo tão jovem. O que me incomodava era o seu olhar intenso, que não parava de me analisar.

— Bem-vindo ao nosso lar! — disse Noah, animado enquanto esticava a mão em direção ao outro. — Eu sou o pai da Thalia, me chamo Noah.

— Senhor Noah, é um prazer. — Estendeu uma das mãos. — Me chamo Heitor.

Noah corou, faltou pouco para levar o cara à cozinha e enchê-lo de comida. Droga! Ele havia gostado do pervertido. Facilmente fisgado esse meu marido, mas talvez ele estivesse mais encantado por conta da Thalia.

Certeza de que ela encheu a cabeça dele sobre esse tal Heitor. Mas eu seria difícil.

— E este é Sylas, o pai da Thalia também — disse meu marido ao se aproximar de mim e segurar meu braço.

— *Senhor* Sylas — corrigi, e ganhei um pequeno aperto. — Ai!

Será que era o dia de me acertar?

— É um prazer finalmente conhecê-lo. — Ele se aproximou, já esticando a mão. — Sua filha falou bastante sobre você, Sr. Sylas.

Ao seu lado, estava Thalia, que mexia seus lábios, dizendo sem que qualquer som saísse de sua boca: "*Seja legal, pai.*"

— Oh, eu fico feliz — respondi. — Bom, vamos nos conhecer melhor, certo?

— Estou ansioso — disse.

Nós nos aproximamos do sofá, em que todos se sentaram para finalmente conversar. Fiz algumas perguntas, como ele era na escola, se fazia parte de alguma atividade, quais eram seus planos para o futuro. Heitor parecia ser um rapaz interessante, inteligente e bem maduro para a idade dele. Aos dezessete anos, os garotos de hoje em dia são uns babacas sem expectativa, mas ele era diferente. Pensava grande. Sobre sua família, pelo visto, sua mãe era o pilar do Yang. Já o pai...

— Ele é um estranho... que me largou, por eu não ser aquilo que ele aprovava. — Seu semblante parecia um pouco sério, meio entristecido.

— É horrível, eu te entendo bem, Heitor — disse Noah. — Não se sinta alguém ruim, está bem?

Meu marido lançou-lhe um sorriso caloroso, e Heitor devolveu sorrindo fraco.

Logo depois, deixei os dois jogando *videogame* um pouco enquanto conversávamos. Era engraçado como Thalia reclamava a cada vez que era derrotada, dizendo que o rapaz estava roubando, e o outro só fazia rir. Fiquei observando-os, e aqueles sorrisos cúmplices me levavam a pensamentos distantes, me recordava de silhuetas em cima de um telhado com os mesmos sorrisos.

Um arrepio correu pela minha espinha, acabei me movendo rápido.

Pelo menos minha filha havia escolhido bem; ele tinha bom gosto para jogos e curtia uns filmes legais. A troca de olhares, a forma como ambos ficavam olhando quando o outro estava distraído.

É, estava perdendo minha pequena garota.

PRECISAMOS TRAZÊ-LO DE VOLTA

Com o passar dos dias, Heitor estava frequentemente em nossa casa, havia se tornado alguém próximo de nós e, até mesmo, de nossa filha, pois, depois de um mês, pediu nossa permissão para namorá-la. Permissão certamente concedida, visto que era um rapaz bom e mostrava que realmente gostava da nossa pequena.

Eu não poderia querer melhor para a felicidade de Thalia, apesar de uma parte minha sentir medo de tudo isso, já que nunca gostei de expor quem amo, mas, ainda assim, eu não podia privar minha filha de amar.

Depois de sua saída de nossa casa, Thalia seguiu para o quarto, e eu também fui logo depois. A porta estava aberta, então encostei ali e fiquei observando-a, debruçada em sua mesa, escrevendo algo em seu diário, com um sorriso bobo nos lábios.

— Você parece gostar muito dele.

Thalia assentiu, olhando para mim, estava tão alegre como nunca havia visto.

— Ai, pai, não tem nem como explicar — disse. — Eu nunca achei que as cenas românticas dos livros ou *fanfics,* que eu leio, poderiam ser reais, mas foi tão real entre mim e ele.

E lá ficou ela, me contando como era observar o namorado durante os treinos de futebol, e eu achei bonitinho como os olhos dela brilhavam a cada palavra. Esse momento "apaixonado" é sempre gostoso quando o coração bate forte quando falamos de alguém, e o meu maior medo era que esse amor acabasse ferindo Thalia de alguma forma. No entanto, espero que ela seja muito feliz.

De repente, o celular tocou e Thalia pegou o aparelho, já abrindo um sorriso. Em seguida, atendeu a ligação, e eu aproveitei a deixa para sair.

Desci as escadas, aproveitando o fato de Thalia estar conversando animada, o que deixaria Noah e eu a sós na cozinha.

Após expressarmos nossas opiniões sobre como nossa vida havia mudado e o quanto estávamos mais velhos, nos beijamos apaixonados. Beijo este que foi interrompido por um som forte da porta sendo praticamente arrombada.

Em alerta, corri até a sala, onde encontrei uma Dandara ofegante chegando ao cômodo, acompanhada de mais duas pessoas – um homem e uma mulher de cabelos verdes –, e estes ficaram estáticos ao ver Noah, que apareceu atrás de mim.

– Dandara, o que está acontecendo?! – indaguei. – Quem são essas pessoas?

– Precisamos conversar – disparou a morena, aproximando-se do sofá.

Um cheiro horrível se instalou no local, não conseguia decifrar, mas estava enjoado.

– Que cheiro é esse? – perguntou Noah.

Olhei em sua direção, e ele também não parecia muito bem.

– Enxofre – respondeu o rapaz de cabelos escuros que estava acompanhado da mulher mais baixa.

– Sylas, não temos tempo para isso, precisamos conversar. – Dandara apontou para o sofá na sua frente.

Após nos sentarmos, Hélio passou pela porta, também ofegante, acompanhado por Ethan na mesma condição. Em sua mão, havia um livro grande, de capa dura e com *design* estranho, portando símbolos que pareciam ser bem antigos. Eu não estava entendendo nada.

O semblante de Dandara era sério, o que não era comum para ela.

– O que está acontecendo, Dandara? – perguntei.

Aquilo tudo estava me angustiando. Principalmente ao ver Hélio abrir aquele grande livro, com as páginas velhas e gastas. A escrita era completamente ilegível para mim e, quando o outro mordeu o próprio dedo, deixando um pequeno pingo cair na página escolhida, minha espinha sofreu com um arrepio. Olhei para o lado, Noah estava com os olhos arregalados.

— A sua vida sofreu uma reviravolta, Sylas — Hélio pronunciou. Ele estava retirando alguns ingredientes de seu bolso, alguns potes pequenos.

— Pensei que jamais precisaria fazer isso, quebrar o acordo com meu pai. — Dandara suspirou. — Mas é preciso. Eu tenho que te trazer de volta para o bem dela, de Noah e o seu.

— O que você está falando, Dandara? — indaguei, soltando um sorriso amarelo. — Eu já estou aqui.

Os outros se entreolharam, enquanto Hélio continuava a organizar os ingredientes.

— Você é uma reencarnação de um antigo demônio que servia ao Príncipe da Ira — disse o mais velho. — Na verdade, você era filho de um imperador muito cruel em sua outra vida. Eu o conheci, e você decidiu que preferia se tornar um demônio ao invés de continuar como um humano.

Meus olhos estavam arregalados, estava estático, sem saber como reagir.

— Então, você o matou — continuou Hélio. — Não vale a pena dizer como. Enfim, depois disso, você se tornou um demônio. Anos depois, Noah o invocou, e você passou um tempo na Terra e acabou se apaixonando por ele. Foi assim que vocês realmente se conheceram.

Dito isso, ele murmurou um "isso" ao terminar de juntar os ingredientes.

— Noah decidiu se livrar de você, te mandando de volta para o Inferno e, naquela noite, ele tocou em um grimório, que tenho, que o levou até o Purgatório e fez com que *Nathan* fosse libertado.

Ainda continuava sem reação, olhei para Noah, que parecia estar longe. Toda aquela história era inacreditável, eles estavam viajando. *Quem diabos era Nathan?*

– Eu juro que quero acreditar em vocês – disse.

– Ah, cara, estou sem paciência pra isso! – exclamou Dandara, que levantou e caminhou até mim, ficando na minha frente.

– Por favor, Dara – pediu o rapaz um pouco mais alto que ela. – Você pode se arrepender de fazer isso.

– Alex, a vida deles está em jogo – disse. – A de Thalia também. Eu preciso trazê-lo de volta.

– Ela tem razão, Alex – disse a mulher de cabelos verdes. – Precisamos dele.

– Eu sei que pode ter consequências, mas não podemos ficar de braços cruzados – disse Ethan.

– Tudo bem, eu entendi, Gaia e Ethan.

Logo após, Dandara virou-se para mim, e seus olhos ficaram vermelhos, uma coloração como a do sangue, e aquilo foi assustador. Senti vontade de pegar Noah nos braços e correr, mas estava com tanto medo que mal conseguia me mover.

Hélio começou a ler em voz alta algo em uma língua desconhecida e levantou suas mãos em direção a nós dois. Noah e eu fomos envolvidos por vários símbolos que surgiram no chão. Dandara, então, tocou minha testa com seu dedo indicador e fez o mesmo com Noah.

Em seguida, senti como se algo estivesse me abandonando. Tudo começou a ficar escuro, o ar começou a faltar e a única coisa que consegui escutar, antes de apagar, foi a voz de Hélio, dizendo algumas palavras que eu sequer entendia.

– Sim – ela disse. – Mas se você não quiser... Quer dizer, se você quiser desistir, eu deixo. Você sequer tem um motivo forte, apenas quer ir. Não quero te condenar a uma vida eterna no Inferno, sofrendo e punindo almas.

– Vai ser como punir bêbados. – Ri divertido. Estava bem alegre para quem passaria a eternidade no Inferno.

— Desde que você não toque nas pedras do jardim do meu castelo, eu não me importo.

Respirei fundo, *flashes* passavam em minha mente e uma dor horrível estava se instalando em minha cabeça.

— Eu espero que vocês tenham tido um bom motivo para terem me chamado aqui.

— Quem é você?

Observei que o rapaz estava meio nervoso. Sequer me importava.

— Sou Sylas Guo, o demônio que você invocou.

Minha respiração ficou descontrolada.

— Feche os olhos, vamos pecar um pouquinho.

Logo, segurei em sua cintura e tomei seus lábios de forma lenta.

Tudo estava fazendo sentido.

— Em minha segunda consulta com Lilian, ela me entregou esse amuleto... — mostrei o cordão que estava escondido dentro de minha camisa — que me protegeria, caso atravessasse os portões. Eu não queimaria, iria me esquecer de você e de tudo que tivemos. Isso iria me manter vivo, e eu voltaria a ser um demônio normal. Um demônio ex-apaixonado que vinha à Terra vez ou outra para buscar almas.

Noah encarava o chão enquanto eu falava.

— Você tem o total direito de atravessar aqueles portões e fingir que nunca nos conhecemos, você tem o total direito de nunca mais querer escutar meu nome ou de se esquecer do meu rosto.

— Sim, eu tenho — completei.

— Mas, eu só quero que você saiba que me arrependo do fundo do meu coração. Eu queria morrer agora por todo

esse arrependimento, por ter feito essa coisa horrível com você.

Eu o observei levar suas mãos em frente ao próprio rosto enquanto chorava.

— Eu te amo, Sylas, demais. Eu estava cego pela raiva, pelos ciúmes que senti ao te ver "beijar" Ethan, eu estava cego. — Eu suspirei. — Por isso, eu peço o seu perdão.

Toquei seu queixo, para que ele levantasse seu rosto e, em seguida, limpei a lágrima solitária que escorreu por sua bochecha.

— Parte disso também foi culpa minha. Nunca te contei sobre isso, porque eu não queria jogar um fardo desses em seus ombros. Por isso, insisti para que Dandara e Ethan nunca falassem sobre, eles deveriam manter esse segredo. — Respirei fundo. — Mas eu não perdoo você.

Foi então que retomei a consciência. As duas pessoas ali presentes, Gaia e Alexander, eram antigos amigos de escola do Noah. Tudo parecia se encaixar, a forma como eu sempre me senti ao lado de Noah. Olhei para ele, que ainda estava meio estático, e caminhei em sua direção. Eu o envolvi em um abraço apertado.

— Foi maravilhoso.

— Eu espero que tenha sido realmente, porque, pra mim, foi mais do que maravilhoso.

— Eu te amo — Noah disse.

— Eu também amo você — respondi com um grande sorriso.

Sorri ao tê-lo em meus braços, ao perceber que, na verdade, nunca havíamos nos separado.

— Eu não posso acreditar que ainda estamos juntos.

Lopes deu-me um selinho. Seus olhos estavam marejados, pensei que fosse chorar. Eu sorri e beijei sua bochecha, sabia o quanto ele gostava disso. Queria que tivéssemos tido mais tempo para recobrar tudo que havia acontecido conosco ou aproveitar mais desse sentimento de estar de volta. Mas o nervosismo da Dandara poderia tremer quilômetros e quilômetros de ruas em Vila Girassol.

— Sylas, agora precisamos conversar sobre o rapaz que Thalia está namorando. — Dito isso, viramos para Alex que havia se pronunciado.

Lembrando-me de quem falávamos, comecei a me sentir apreensivo, bem nervoso, porque ao me lembrar de Heitor, percebi o quanto havia sido burro em deixá-lo entrar em nossa casa, em nossa vida. Mas o meu outro eu não sabia o perigo que ele representava.

— Vocês estão falando do Heitor? — perguntou Noah. — Ele é um rapaz maravilhoso.

— Não é bem assim... — disse Ethan que, depois de olhar para Noah, desviou o olhar em minha direção.

— Não é bem assim? — Foi a vez de Noah olhar para mim.

Havia voltado ao meu verdadeiro eu há apenas alguns minutos e já tinha um segredo a esconder do meu marido. Acabei desviando o olhar para o chão.

Parabéns, Sylas.

— Do que eles estão falando, Sylas? — Sua voz soou séria.

Todos se encolheram um pouco, pois sabiam o que aconteceria no momento em que eu dissesse a verdade.

— Você se lembra de que prometemos sinceridade um com o outro, não importando o que acontecesse? — comecei.

Ele assentiu.

— Bom, houve algo que não te contei. Eu pensei que, na verdade, jamais precisaria.

— Do que você está falando? — indagou, ao se aproximar e sentar-se ao meu lado.

Engoli seco, voltando a olhar para o chão. Juntei minhas mãos em frente ao corpo, eu não queria falar.

— Sylas...?

— O Heitor, ele...

— O que tem o Heitor, Sylas? O que tem ele? — perguntou já um pouco nervoso. Parecia estar apreensivo.

Olhei para os outros, que já sabiam qual seria a reação do meu marido, que provavelmente jamais olharia a minha cara outra vez.

— O que tem o Heitor? — Ele me cutucou.

Suspirei antes de encará-lo sério.

— Ele é meu filho.

MEU REFLEXO

Gostaria de deixar registrado aqui o dia em que me senti um canalha, sujo e falso.

Um traidor.

As palavras *"Eu prometo te amar, te respeitar, ser justo, sincero..."* nunca soaram tão falsas ao escorregar de meus lábios. Eu havia prometido isso, frente a mais de cem pessoas, mas não consegui honrar dentro de nossa casa, no nosso relacionamento, no nosso dia a dia. Porque eu me deitava ao seu lado, sabendo que ainda havia um segredo, mesmo que este estivesse lá no fundo, trancado a sete chaves. Mesmo que, na verdade, eu nem me lembrasse disso, porque não tinha importância mesmo.

Eu não contei.

E vê-lo me encarando, com os olhos marejados... Eu não sei como pude ser tão fingido todos esses anos.

— O que você disse? — retrucou, com certa dificuldade.

— Eu...

— Você sabe o que as palavras "Eu prometo" significam? — Desviou seu olhar para o chão.

De repente, era como se todos ali tivessem sumido, e a tristeza, vinda de sua voz, era como uma tortura psicológica para mim. Quando toquei a mão, Lopes a puxou com violência e se levantou, indo em direção à cozinha rapidamente. Os outros, que ainda estavam ali, disseram que já estavam de saída, desejaram sorte e pediram para que eu tomasse cuidado, visto que Thalia já estava completamente apaixonada por ele.

— Eu vou ficar de olho, não se preocupe — respondi.

Depois de acompanhá-los até a porta e fechá-la, levei uma das mãos à nuca e esfreguei ali. Enquanto encarava o chão, pensava cuidadosamente no que fazer ao entrar naquele cômodo. Estava preparando-me mentalmente para o "castigo" que receberia e, caso Noah decidisse nunca mais olhar na minha cara, eu não iria questionar.

Eu havia, novamente, omitido algo sobre o meu passado.

Suspirei antes de caminhar, e segui até a cozinha, encostei na entrada, observando Noah próximo à geladeira, com o copo em seus lábios. Pude perceber que seus olhos estavam um pouco vermelhos, indicando que ele já havia chorado. Ficamos um tempo em silêncio, o que sempre acontecia quando estávamos prestes a brigar, porém sempre tentávamos contornar a situação, começando a conversar calmamente.

— O nome dele, na verdade, é Nathan — disse enquanto mordia o lábio inferior de leve. — Foi muito antes de te conhecer. — Capturei sua atenção ao me pronunciar. — Eu era um recém-chegado ao Inferno. Acho que, como qualquer idiota que não sabe onde está se metendo, eu fiz merda. A pior de todas, na verdade.

O moreno pôs o copo sobre a pia e encostou-se à mesma, cruzando os braços enquanto me observava.

— Eu sempre disse que era um merda, que você deveria ter pensando mil vezes, antes de entrelaçar sua alma à minha por toda a eternidade. — Desviei meu olhar para o chão. — Você não merecia ser enganado desse jeito, você não sabe como me sinto um canalha.

Voltei a encará-lo enquanto limpava a garganta.

— Mas eu vou te contar, mesmo sendo tarde demais.

Depois de minha primeira temporada na Terra, conquistei mais algumas centenas de almas no período de cinco anos que estive fora. Os humanos caíam facilmente na minha, não sei se era pela forma como eu sabia convencê-los. Dandara dizia que eu tinha um talento natural para seduzir, que me admirava por eu não querer mudar o Meu Senhor e começar a servir ao Príncipe da Luxúria, ao invés de continuar com a Ira. Eu sempre ria, dizendo que permaneceria no que eu era de verdade: um louco que se deixava levar pela raiva. Ficar junto dele me ajudava a controlar isso, de alguma forma.

— Meu De-, ops, cacete, viu — escutei sua voz com um tom de descontração ao entrar em sua sala. — Olha como essa bunda ficou mais apetitosa nos últimos cinco dias que você saiu.

Apesar de ter passado cinco anos na Terra, no Inferno, o tempo era diferente.

— Luci, você não deveria desejar ela assim, pode se apaixonar. — Ri divertido ao me aproximar de suas poltronas e sentar em uma vaga.

— Eu? Amar? — Observei a cacheada rir alto e jogar a cabeça para trás em sua cadeira. — Papai me disse. *Eu nunca vou amar ninguém além de você e do Ethan. Aliás, o Ethan eu até reconsidero, porque ele é um saco. Deveria mandá-lo de presente para Anubis, ver se ele não quer levá-lo consigo para sempre.*

— Não passe esse fardo difícil a ele. Imagine ter que carregar aquele chato pra sempre.

— Nem fala. — Suspirou. — Falando em gente chata, amanhã teremos uma confraternização e tal, sabe como é, né?

— Confraternização?

— Comemoração do Pacto dos Sete Príncipes. Um saco, bando de gente chata aqui, mas é só sorrir e balançar a cabeça.

— Você é sempre tão merda, viu. — Eu me estiquei na poltrona.

— E você, às vezes, perde a noção do perigo.

Só deu tempo de sentir uma caneta batendo em minha cabeça, e rimos.

[...]

Segurando-me para não sair correndo daquele salão lotado de pessoas que eu não conhecia, andava entre elas à procura de algo que distraísse minha mente. Você pode pensar que talvez seja muito mais fácil encostar em um canto e ficar observando todas aquelas criaturas em trajes a caráter, escondendo sua face com uma máscara. Eu sempre odiei esses eventos formais na Terra, até no Inferno isso me perseguia.

Ethan estava em um canto, com seus cabelos, na época, longos e escuros, conversando com outros príncipes que eu considerava irritantes.

Cansado de procurar o que fazer, decidi parar próximo ao pianista enquanto bebericava a bebida que peguei ao ver o garçom. Eis que, de repente, sinto um toque em meu ombro e, ao virar o pescoço, meus olhos encontraram uma mulher atraente e com um sorriso extremamente sedutor. Não sei o que conseguiu me fisgar mais, seus olhos pretos hipnotizantes ou as curvas que seu corpo tinha. Não tivemos nem horas de conversas, seguimos apenas para o andar de cima, para uma das salas vazias, a fim de um local "com privacidade".

— Depois disso, eu descrevi essa moça para Dandara, já que havia ficado encantado por ela. — Voltei a encará-lo. — Ela ficou pálida, e eu, sem entender. Depois, foi dito que, na verdade, aquela era a aparência de um dos leviatãs que ela mesma mandou para o Purgatório. — Molhei os lábios.

— O que é um leviatã? — indagou enquanto se ajeitava em um dos bancos.

— É uma criatura antiga, mais antiga que eu e o Ethan. Há mais de um, na verdade. Eles travaram uma batalha com Dandara, quando o Inferno estava sendo construído, visto que queriam uma posição entre os Sete Príncipes Guardiões dos Pecados. Diziam que deveria servir à Inveja, mas Luci não permitiu, pois sabia como eram e os aprisionou pela eternidade no Purgatório quando ficaram contra ela.

Tomei um pouco de ar.

— Eles podem assumir a aparência que quiserem, mas não sabia que podiam procriar.

Suspirei antes de continuar:

– Depois de contar à Dandara, quase que no mesmo instante, recebemos um chamado do guardião, dizendo que os portões haviam sido abertos por alguém. Dias depois, a notícia dessa maldita criatura, o meu suposto filho. Eu senti nojo, repulsa... – Podia sentir náuseas. – Eu neguei na hora, não o assumiria. Ele representava um perigo extremo a todos os mundos existentes, caso fosse persuadido pela pessoa errada.

Lopes escutava atentamente.

– Como era uma criatura espiritual, era diferente de um bebê humano, que demora nove meses. – Cruzei os braços. – Com dias, ele já havia sido concebido. Ela se escondeu durante anos no Purgatório com ele, foi uma busca cansativa.

O Purgatório era conhecido como o local onde as almas ficavam vagando pela eternidade em busca de seu julgamento. Em resumo, o Purgatório era uma floresta sem fim, com criaturas perigosas, coberta por um céu preto eterno que não tinha lua, estrelas, sequer nuvens. Era vazio.

Ainda me lembro de sentir os galhos das árvores da floresta batendo vez ou outra em meu braço, mas eu não podia parar de correr. Havia descoberto seu esconderijo, mas cometi a idiotice de ir até lá sozinho. Mesmo Dandara insistindo para que eu não fizesse essa besteira, havia segurado a responsabilidade da minha estupidez e não queria que ninguém mais fosse envolvido.

Mas havia me esquecido de que Nathan poderia já ser um adulto e tão forte quanto eu.

Ao chegar no esconderijo, avistei a mulher um pouco distante e corri em sua direção para golpeá-la, com toda a sede de sangue, para dar um fim a toda aquela enganação. Porém, em um movimento rápido, senti uma mão, em meu peito, me jogando para trás. Logo, seus olhos vermelhos encontraram os meus; alguns fios de suas madeixas estavam sobre o rosto, e encaramos um ao outro como dois animais prontos para a briga.

– No momento seguinte, estávamos lutando, quase nos matamos de tanto lutar. Nathan era mais forte que eu, mais rápido, como uma versão melhorada. Só que eu não queria feri-lo, eu queria chegar à sua mãe, causadora de todo aquele sofrimento.

– O que aconteceu quando você conseguiu fugir? – perguntou Noah.

Enquanto corria, com certa dificuldade, em direção aos portões de saída, Dandara e Ethan, que estavam de pé, próximo dali e cercados de alguns soldados infernais, correram em minha direção. Vendo o quanto eu estava ferido, me ajudaram. Ao olhar por cima de meu ombro, pude vê-la se aproximar com a aparência que havia se apresentado a mim que, por sinal, sentia repulsa. Nathan não estava ali, mas podia ouvir seus gritos em busca de sua mãe.

– Você vê o que criamos, Sylas? – disse, com um sorriso diabólico. – Era tudo o que precisávamos para acabar com Lúcifer. Nathan é aquele que trará orgulho ao nosso povo! Muito obrigada por esse pequeno presente.

Quase com um grunhido, me forcei a levantar, mas fui impedido por meus amigos.

– Idiota, você não vai durar nem três minutos – disse Ethan com um tom de desdém.

– Eu nem preciso, minha missão já está cumprida. – Pude vê-la escorregar uma das mãos por dentro de suas roupas, próximo ao quadril.

Em suas mãos, havia uma adaga, a qual ela olhava com aquele maldito sorriso.

– Eu espero que goste de lutar, Sylas.

Antes que pudéssemos impedir, ela cravou a adaga em seu abdômen. Pude ver o líquido verde escorrendo entre seus lábios. Ela dirigiu seu olhar a mim, antes de tombar para o lado e dar uma rápida piscadela.

Entre as árvores, surgiu Nathan que, antes de perceber sua mãe caída no chão, olhou em nossa direção. Vi seus olhos lacrimejarem, e ele ficou estático. Em seguida, correu em até ela.

Naquele momento, o meu rancor, repulsa, tudo isso havia sumido. Eu pude ver o meu filho, do qual eu nem sabia da existência, chorando como um humano qualquer. Ele não tinha culpa do que estava acontecendo, era apenas uma ferramenta naquela batalha. Porém, tenho certeza de que não sabia disso.

Enquanto era puxado para fora, pude vê-lo com ela em seus braços, balançando-a enquanto chorava sem parar. Foi minha última visão antes de ser retirado dali e os grandes portões fecharem na minha frente.

— Eu não te contei, porque pensei que jamais iria lidar com essa situação outra vez. Fora que a minha reencarnação sequer sabia da minha vida anterior. — Eu me aproximei devagar e toquei em seu ombro. — Eu amo você, Noah. As promessas que eu fiz foram reais, mas isso foi uma situação dolorosa e delicada, da qual tento me esquecer.

— Sabe, Sylas, eu compreendo. — Tomou minha mão que estava em seu ombro e retirou dali. — Mas isso tudo é uma situação difícil para digerir. Porra, você tem um filho com outra! Se ponha no meu lugar, sabe? Eu... Graças, ainda bem que Thalia não pôde ouvir essas coisas. Se eu estou destruído, imagine ela, se soubesse.

Eu o observei seguir até a saída, mas ele parou por um instante.

— Eu irei dormir, tentar absorver tudo o que aconteceu e ver como o nosso casamento vai ficar daqui pra frente.

Enquanto o observava se afastar, sentia como se o meu coração tivesse ido junto com ele. Minhas energias, tudo estava se esvaindo.

Ao olhar para a geladeira, eu podia ver meu reflexo distorcido, sentia raiva, ódio. Eu sentia nojo de tudo que havia feito.

O QUE EU FIZ?

"Bom dia! O tempo hoje será de extremo calor. A máxima em Vila Girassol será de 32 graus e a mínima..."

Novamente apertei o botão que trocava de canal, era nítido o meu tédio e como eu não queria estar ali, assistindo a tudo aquilo. Sequer queria ir ao escritório trabalhar, por isso inventei uma doença qualquer e minha secretária cuidou de tudo. Fazia dois dias, desde a minha discussão com Noah na cozinha. Estava tudo muito complicado, pois ele sequer olhava para mim, não dormíamos juntos. Poucas palavras eram dirigidas a mim e apenas o necessário.

Já Thalia continuava se encontrando com Heitor, quer dizer, Nathan, mesmo depois de uma conversa séria que havia tido com ela, que esse rapaz poderia magoá-la profundamente — o que a deixou até mesmo confusa, por causa da conversa que tivemos na noite em que ele nos visitou. Porém, eu não podia fazer nada, se ela queria estar com ele, apenas ficar de perto e tentar administrar a situação.

"Amo você, você me ama..."

— Ah, obrigado, Barney. - Dei um pequeno sorriso.

Estava sozinho, Thalia já tinha ido para escola, e Noah, para a editora resolver alguns problemas do seu próximo livro. Levantei-me e segui até a cozinha, abri a geladeira e peguei o *chantilly*. Depois, segui até o armário e peguei os *queijos nachos* que estavam ali. Voltei à sala e comecei a vasculhar a televisão novamente, achei um filme qualquer e comecei a assistir. Misturando *chantilly* e queijo, fiquei pensando em Thalia, que provavelmente estaria pelos corredores da escola ao lado dele, sendo preenchida de pensamentos ruins.

Como queria ser uma pequena mosca para escutar suas conversas.

Desde minha última discussão com Noah, havia decidido com o resto dos caras que iríamos procurar maneiras de mandar Nathan de volta e também descobrir qual era o perigo real que ele oferecia e a quem. Admito que, de minha parte, eu não estava fazendo nada, apenas queria ver TV e comer queijo *nacho* com *chantilly*, era só um peso morto mesmo querendo que tudo se resolvesse sozinho.

Todavia, eu sabia que não seria assim.

Enquanto estava distraído, mergulhado naqueles pensamentos, meu celular começou a tocar. Ao pegá-lo, vi o nome de Hélio brilhar desesperadamente na tela, então atendi.

– Alô?

– *Sylas, você pode vir para cá agora? É urgente.* – E sem esperar minha resposta, desligou.

– Ok – sussurrei ao olhar para o celular.

Pelo tom de voz, ele parecia bastante preocupado.

Peguei o que havia sujado e levei à cozinha, lavando tudo e deixando arrumado. Depois, segui para o quarto, a fim de trocar de roupa o mais rápido possível e chegar à casa de Hélio.

[...]

Ajeitei a blusa, puxando-a contra o corpo.

Era uma tarde quente, parecia que Dandara havia deixado os portões do Inferno abertos e o fogo decidiu dançar na Terra. Ao dobrar a esquina, pude avistar a casa simples do casal. Era fofo o pequeno jardim que cultivavam, para meros mortais, pareciam apenas flores, mas eu sabia que Hélio guardava ali ingredientes letais.

Estacionei atrás de seu carro e segui para fora rapidamente, indo em direção à porta de entrada. Quando meu indicador ia tocar a campainha, a porta foi aberta, revelando um Hélio com um olhar ameaçador.

— Se você tem amor à sua vida, não vai tocar essa campainha.

— Por quê? – perguntei ainda na mesma posição, sem fazer qualquer movimento brusco.

— Já faz uma semana que Ethan voltou ao Inferno e, todos os dias, um grupo de crianças passa por aqui e toca isso, logo depois, saem correndo.

Um sorriso macabro brotou em seus lábios.

— Estou pensando em fazer algo da próxima vez, tipo colocar pimenta na campainha.

Apertei os olhos enquanto o observava.

— Fazer algo o quê, seu psicopata? — disse, já o empurrando para entrar. — Pimenta na campainha... Você é um bruxo e está pensando nessas coisas.

Ao chegar à sala, observei a quantidade de livros que estava sobre a sua mesinha, e as olheiras que seus olhos gritavam, mostrando tudo.

— Você tem dormido? — perguntei, preocupado, ao virar em sua direção.

— É... – Eu o observei piscar algumas vezes. – Um pouco. Mas eu não o chamei aqui para isso.

Hélio andou em direção à mesinha e pegou um dos livros ali, folheou e, então, entregou em minhas mãos.

Bellator.

— O que é isto? – perguntei ao ler.

— É o que Nathan representa para o povo dele.

Demos quase um pulo ao escutar aquela voz ecoando pela sala: era Dandara, sentada no largo sofá. Sempre aparecia nos momentos importunos.

— Meu deus, Dandara, você sabe o que é bater? — perguntou Hélio com a mão no coração.

— Só na hora do sexo, tipo punheta. — Abriu um pequeno sorriso.

Revirei os olhos. Sempre inconveniente.

— Ou em quem maltrata animaizinhos, mas aí eu tenho um lugar reservado para eles no Inferno.

A cacheada se ajeitou no sofá.

— Enfim, ela está certa. — Hélio suspirou, em seguida, sentou-se na poltrona. — *Bellator* significa Guerreiro. Os leviatãs queriam se vingar de Lúcifer por essa besta os banir para o Purgatório.

— Ei! — ela resmungou ao escutar o insulto.

Ri baixinho, voltando a prestar atenção.

— Então, eles se agarraram a uma lenda, um intermediário que fosse vingá-los.

— Nathan — disse.

— Após a aliança dos Sete Príncipes Infernais, um tipo de sacerdote de seu povo teve uma visão, que se um leviatã gerasse uma criatura que fosse filho de um demônio pertencente à Ira, essa criatura seria a resposta para a vingança deles...

Suspirei, encarando o nada.

— ... Pois os leviatãs foram as primeiras criaturas que surgiram na Terra, e a Ira faz parte dos Três Primeiros Pecados, por causa do filho do Primeiro Homem Perfeito.

— Caim — respondi quase como um sussurro.

Olhei novamente para o livro, nervoso e com a minha mente completamente nublada. Então, a idiotice que eu havia feito era muito maior do que eu pensava, e pensar em como tudo aquilo estava afetando as pessoas que eu amava... Como aquilo podia prejudicar Dandara, a mulher que me guiou até Noah, o homem da minha vida, e Thalia, minha pequena estrelinha.

Pude observar minha amiga vir em minha direção e tocar meu ombro.

— Em outras palavras, Nathan é o único que pode derrotar qualquer criatura que pertence aos Céus — Dandara falou.

Meu coração falhou uma batida. Então Dandara tinha prazo de validade e a culpa era minha.

— O que eu fiz? — Senti meus olhos marejarem.

EU NÃO ESTAVA SOZINHO

Já sentiu como se tudo fosse desmoronar ao seu redor e você sequer soubesse o que fazer? Ou uma vontade enorme de sumir, para que os problemas de todos à sua volta fossem solucionados?

Lembro-me de que, enquanto dirigia a caminho de casa, depois da minha conversa com Hélio e Dandara, avistei uma pequena praça com poucas pessoas. Estacionei e, em seguida, me dirigi a um banco afastado, debaixo de uma das árvores que tinha ali. Refleti sobre tudo que havia feito, sobre como era minha vida no Inferno, sobre como foi maravilhoso ver o sorriso de Noah pela primeira vez e como meu coração bateu mais forte na noite em que o ensinei a atirar discos de vinil e em que ele disse que estaria lá por mim, que queria estar na minha vida para sempre.

E o quanto eu o decepcionei.

Meus olhos marejaram quando me lembrei da nossa felicidade ao segurar Thalia pela primeira vez, aquele pedacinho de pessoa, com seus olhos e sorriso inocentes. Como pude deixar de proteger tudo aquilo que era mais importante para mim? Como pude deixar tudo aquilo acontecer?

As lágrimas escorreram, levei minhas mãos trêmulas ao rosto, escondendo a face derrotada. Tentava a todo custo controlar os gritos engasgados em minha garganta.

De repente, senti algo gelado encostar no meu ombro.

— Vim o mais rápido que pude, trouxe sua preferida.

Limpei meu rosto em uma tentativa frustrada de esconder meu sofrimento. Ele deu a volta, se sentou ao meu lado, colocou uma das garrafas de cerveja sobre o banco e abriu a outra, logo me entregando e depois abriu a sua.

– Eu pensei que você não fosse vir – falei com a voz ainda um pouco embargada.

– Você sabe que quando precisar de mim, eu estarei aqui, Sylas. – Passou o braço em volta dos meus ombros. – Não deixou de ser a pessoa mais importante pra mim.

– Você acha que tudo isso não vai voltar ao normal?

– Você está fodido, amigo. Muito. Não posso deixar de ser sincero. – Deu um gole na cerveja. – Mas não quer dizer que mesmo a coisa mais errada não possa ter conserto.

– Obrigado pela sinceridade, Ethan. – Mais um gole. – Você sempre ajuda.

– Mas é verdade, porra – retrucou. – Sylas, eu não tenho dúvidas de que você ama Noah e Thalia mais do que tudo nesta vida, que você jamais seria capaz de fazer algo que os magoasse, mesmo às vezes fazendo.

– Estou confuso agora. – Dei um pequeno sorriso.

– Você me entendeu. – Deixou a cerveja sobre o banco. – O que quero dizer é que você vai saber como consertar tudo isso, sem magoar os dois.

– Eu não faço ideia de como começar.

– Vamos! – Bagunçou meus cabelos. – Cadê aquele Sylas determinado que eu conheci quando chegou ao Inferno? Que tem a bundinha mais sexy do universo?

– Você tem passado tempo demais com Dandara.

Rimos.

Meu melhor amigo levou os dedos ao canto dos meus olhos e limpou os vestígios de lágrimas que ali estavam.

– O que quero dizer é que você é capaz, você pode fazer o que quiser, Sylas. Não desista agora, não queira sumir, não queira ir embora. – Suspirou. – Sabe o quanto é importante para todos nós. As pessoas erram, acertam, erram novamente, mas só cabe a elas quererem tentar de novo, quererem ter uma nova chance.

Continuei ali, ouvindo.

— Se tem uma coisa que aprendi aqui na Terra, convivendo com os humanos, é que eles não cansam de errar e, mesmo assim, tentam de novo. — Ethan voltou a encarar o horizonte de árvores. — E, cara, eu queria que todos fossem assim.

— Eu também.

— Então, meu caro amigo Sylas... — Sorriu para mim. — Levanta desse banco. — Ethan ficou na minha frente de pé e esticou a mão para mim. — Vem tentar outra vez. Tanto eu, quanto os outros, nós estaremos lá para você.

Não pude deixar de sorrir e agradecer por ter alguém como Ethan ao meu lado, que era meu amigo acima de tudo e sempre tinha os melhores conselhos, que iluminava meu caminho, mesmo eu sendo o cara mais babaca do mundo. Sei lá, por que alguém como eu era abençoado com pessoas tão maravilhosas ao meu lado?

Fiquei de pé e, em seguida, o abracei forte. Não era algo comum, para nós, termos toda aquela demonstração de afeto, mas eu precisava sentir que tudo aquilo era real. Que eu não estava sozinho.

— Você sabe que isso não faz muito o nosso estilo.

— Eu sei. — Senti um beijo no topo da minha testa. — E sei também que você vai fazer a coisa certa.

Fechei meus olhos por um instante, me sentindo confortável e protegido, tentando organizar meus pensamentos.

[...]

Ainda era estranho acordar sozinho naquela cama gigante. Desde o início desses acontecimentos, Noah tem dormido sozinho em outro quarto da casa.

Forcei meu corpo a levantar e calcei os chinelos, bocejei, antes de seguir para o banheiro. Depois de realizar a higiene matinal e me vestir adequadamente para o trabalho, segui para o corredor. Passei em frente ao quarto de Noah, onde escutei alguns sons, parecidos mais com teclas sendo tocadas. Provavelmente ele estava escrevendo algo. Segui depois para as escadas para, enfim, chegar à cozinha. Mas acabei recuando por alguns instantes e me escondi atrás da parede do corredor.

Thalia estava sentada em um dos bancos, próximo à bancada, tomando seu matinal copo de leite. A observei pegar seu celular, que estava sobre a banca, e sorrir ao ler alguma coisa. Eu sabia que era ele, provavelmente havia mandado alguma mensagem. Percebi que iria ser mais difícil ainda, porque ela estava apaixonada por Nathan.

Eu espero que, um dia, você nunca precise passar por isso.

Entrei na cozinha bocejando, fingindo que havia chegado ali realmente naquele momento.

— Bom dia, pai.

— Bom dia, Tha. — Beijei sua testa como de costume e cheguei próximo à bancada, onde estava a cafeteira.

— Ah, pai, eu preciso conversar com você sobre o Heitor.

Suspirei enquanto servia o pó de café e ajeitei minha caneca.

— Então, as coisas com ele estão ficando um pouco sérias... — Sua voz parecia diferente, e eu só fiquei ainda mais assustado. — Você já o conhece há três meses, ele é muito educado, me trata tão bem. Eu acho que... Eu o amo.

Estalei a língua, soltando uma risada debochada, foi automático, e nervosismo e desespero começaram a me dominar. Virei-me, encarando Thalia, que só podia estar brincando.

— Você o ama? Amar é muito mais do que se sentir aquecido ao lado de alguém, Thalia. Ou sorrisos bobos. Amar é algo sério. — As palavras saíam sem pensar. — Não se sente isso por alguém que você mal conhece.

— Como assim, pai? — disse. — Você não se lembra do que eu te disse há algum tempo? Quem é você pra falar o que é o amor? Ou sobre os meus sentimentos?

Ela me olhava sem entender, seu sorriso havia morrido. A garota apaixonada, sentada próximo à bancada, agora, era alguém com um olhar triste, magoado.

– Eu sou seu pai, estou falando baseado em minha experiência.

– Você se apaixonou pelo pai Noah no dia em que o viu.

– É diferente, com seu pai e eu foi algo raro de acontecer. – Eu me aproximei e sentei em outra cadeira, ficando de frente para Thalia. – Nós tivemos sorte, estou dizendo isso para a sua proteção, não quero que você machuque seu coração.

Ela balançou a cabeça em negação. Observei um pequeno sorriso brotar em seus lábios, e ela levou a mão ao meu rosto, acariciando minha bochecha.

– Eu entendo, mas você não pode me proteger de tudo.

Thalia tomou a mochila que estava ao seu lado e colocou nos ombros, saiu sem sequer se despedir.

Quando me virei, Noah estava encostado, olhando-me com os braços cruzados. Seu semblante era de decepção. Quando fiz menção de dizer algo, ele se virou, deixando-me sozinho ali.

O barulho da cafeteira soou, avisando que meu café estava pronto. Uma boa caneca de café talvez fosse me ajudar a assimilar tudo e pensar melhor.

[...]

Era horário de almoço, passei a manhã toda pensando no que fazer e, em meio a tantos pensamentos, surgiu uma ideia interessante, eu deveria tentar.

Entrei no carro e dirigi por um tempo, pensando com cuidado nas palavras que usaria.

Um tempo depois, havia chegado ao meu destino. Tomei cuidado para não ser reconhecido e estacionei no lugar correto, por onde sabia que ele passaria.

Não demorei muito a reconhecê-lo em meio à multidão de alunos. Felizmente, naquele dia, Thalia tinha reunião com o grêmio estudantil, então ele não estava com ela.

Nathan apareceu na multidão, os cabelos pretos se destacaram; em seus ombros, a blusa do time pendurada, ele saiu rindo, junto de alguns amigos.

Saltei do carro, parando em frente a Nathan e pus meus óculos escuros enquanto o encarava propositalmente. Conforme se aproximava, ele foi me reconhecendo e não hesitou em abrir um sorriso. Despediu-se de seus amigos e caminhou em minha direção, parando, em seguida, na minha frente.

– Senhor Sylas.

– Precisamos conversar.

Prontamente, ele caminhou até a porta do carona e entrou; em seguida, também entrei no carro.

Após dar a partida, já sabia o local correto, onde poderíamos ter aquela conversa, sem interrupções.

BOMBA RELÓGIO

Seguimos todo o trajeto em silêncio. Pude observar, pelo canto dos olhos, como Nathan observava a paisagem pela janela, debruçando o queixo em sua própria mão. Ainda era estranho estar ao lado dele, saber que tinha o poder de destruir todos nós, a qualquer momento. Fazia tudo ficar ainda mais sinistro.

Dobrei a esquina, chegando à estrada que dava acesso a um parque florestal de Vila Girassol, onde sabia que não seríamos interrompidos ou incomodados. Estacionei o carro na vaga mais próxima e destranquei o mesmo para que pudéssemos sair. Depois, caminhamos até um dos bancos afastados, próximo a um poço. Sentei-me nele enquanto o outro apenas se encostou.

— Eu já sei quem você é, Nathan. Não sei que tipo de joguinho você está querendo fazer — comecei, observando-o apertar a alça da mochila. — Só quero deixar bem claro que eu não vou deixar você machucá-la.

Ele continuava ali, me encarando, sem dizer qualquer palavra. O rosto sério, sem qualquer emoção.

— Thalia não tem nada a ver com isso. Ela é inocente, não a use para me ferir.

Observei o rapaz encostar as mãos e começar a mexer em seu próprio anel.

— Quais são as suas pretensões com ela? — indaguei. — Você não deveria estar se envolvendo com humanos.

Ao fim daquelas palavras, pude ouvir uma risada do moreno na minha frente, e ele girou os calcanhares e deu alguns passos.

— Ei! — Levantei rápido. — Aonde pensa que vai? Não terminamos nossa conversa.

Nathan parou e virou-se em minha direção, me lançando um olhar frio.

— Quem é você para dizer que não posso me envolver com humanos?

Fui pego de surpresa. Eu realmente não tinha esse direito, na verdade, nem deveria ter dito aquilo, no entanto se tratava de Thalia e do que ele poderia fazer com ela. Fiquei sem ter o que responder, o que foi percebido pelo outro, que apenas voltou a caminhar em direção à saída, antes mesmo que eu pudesse protestar.

Voltei a me sentar, não tinha como rebater aquilo, não tinha como reclamar ou dizer que ele não podia. Eu vim à Terra, me apaixonei por Noah e entreguei minha alma a ele, um humano. E eu estava pronto para pagar qualquer preço para ficar ao lado dele. Já Nathan? Ele apenas queria usar a minha filha para me machucar.

[...]

Suspirei, após finalizar um relatório. Passei o resto do dia no escritório, pensando no que havia acontecido mais cedo. O que Nathan estava tramando? Por que ele ainda estava com Thalia? Provavelmente, ela faz parte dos seus planos para me ferir. Eu realmente era tão hipócrita, por dizer que ele não deveria se envolver com ela?

Estava confuso, sem saber o que fazer e, sem Noah para ajudar, era tudo ainda mais difícil. Ele era minha luz, eu me sentia tão perdido.

Ajeitei minhas coisas, segui para fora do escritório, me despedi da secretária, fui ao estacionamento e entrei em meu carro. Coloquei minha música favorita e me permiti me esquecer dos problemas por alguns momentos, dirigi devagar, aproveitando aquele momento sozinho.

Depois de um tempo, cheguei à minha casa. Estranhei, por momento, alguns carros parados em frente, fiquei atento ao estacionar e acabei por reconhecer alguns desses veículos.

— Será que me esqueci de algo? — indaguei baixinho.

Depois de alguns passos, até a porta de entrada, abri com cuidado, já recebendo um abraço apertado de Dandara.

— E então, cadê o presente? — perguntou, animada.

— É... — murmurei. — Que presente?

— Você se esqueceu? Sério, Sylas?

Cocei a nuca em desespero.

— Gaia, você ganhou a aposta, ele se esqueceu mesmo.

— Eu sabia! — Pude ouvir uma risada alta vindo da cozinha.

Fechei a porta enquanto ouvia várias risadas. Ao chegar à cozinha, todos estavam ali, menos Thalia. Até Alex havia vindo.

— Quem se esquece do aniversário da própria filha? — indagou Alex, após me abraçar apertado.

Então, era isso, o aniversário dela. Com tantas coisas acontecendo, sequer havia me lembrado, muito menos de comprar um presente. *Pai número um.*

Noah, que havia acabado de colocar o bolo no forno, retirou o avental e caminhou em minha direção. Logo depois, depositou um pequeno selinho em meus lábios e me abraçou. Passei meus braços em volta de sua cintura, aproveitando o contato e agradecendo aos céus por tê-lo em meus braços, mesmo que por alguns instantes.

— Hoje é uma data especial, eu odeio tanto estar brigado com você — disse baixo para que apenas eu escutasse, depois de nos separarmos um pouco. — Eu te amo tanto, senti tanto a sua falta.

— Você não sabe como é bom ouvir isso, Noah — respondi feliz. — Eu prometo que vou fazer de tudo para que possamos não mais brigar.

Meus olhos marejaram um pouco, eu queria segurá-lo e nunca mais soltar.

— Ok, ok, acabou essa melação aí! — Ethan pôs suas mãos entre nós dois, separando-nos. — Vamos terminar de ajeitar tudo pro jantar, daqui a pouco Thalia está aí.

— E onde ela está agora? — indaguei.

— Ela disse que ia estudar na casa de uma das amigas do grêmio e viria.

Estudar. Sei. O estudo dela, com certeza, tinha cabelos pretos, era alto e com um semblante debochado.

Mesmo sabendo que ela poderia ter mentido, deixei pra lá e segui para o banheiro, onde tomei um bom banho relaxante.

Ao chegar à sala de jantar, já com roupas mais confortáveis, observei que tudo estava arrumado, e alguns haviam subido para se ajeitar. Hélio estava encostado em um canto da sala, olhando pela janela, e seu olhar estava longe.

— Tá procurando o quê? — indaguei.

— Sylas, eu tô com problemas.

Seu semblante permanecia da mesma forma. Ele não parecia desesperado.

— O que houve, Lio?

— Ethan veio conversar comigo hoje, me colocou contra a parede. — O bruxo suspirou e virou-se para mim. — Ele disse que todos já estavam casados, que até a Dandara queria oficializar o relacionamento a três e que eu era paradão.

Nesse ponto, o Ethan estava coberto de razão.

— Me diz que você mostrou que tem interesse em querer algo a mais.

— Então... — Coçou a nuca.

Ele podia ser o bruxo mais inteligente e poderoso que eu já ousei conhecer, mas quando se tratava de amor, ele era uma porta. Dei um tapa em minha própria testa.

— Hélio, é que isso era importante para ele, como se fosse a prova de que você realmente o ama, sabe? — Repousei uma de minhas mãos em seu ombro. — Então, era algo que ele meio que esperava que você fosse fazer por livre e espontânea vontade.

— Entendo... — Coçou o queixo. — Será que é tarde para mostrar que eu o amo? Mesmo que do meu jeito?

— Claro que não, amigo. — Sorri para ele, que ainda parecia meio confuso.

Antes que pudéssemos continuar a conversar, o resto da galera entrou na sala de jantar, se preparando para quando Thalia chegasse. Dandara fez questão de usar o chapeuzinho de festa.

Ao escutarmos o barulho da porta de entrada, apagamos as luzes rapidamente. Os passos podiam ser ouvidos, e quando vimos sua mão tocar a lateral da porta, fazendo menção de entrar, gritamos.

— PARABÉNS!

Foi uma grande comemoração, seguida de vários beijos e abraços, presentes e também apertos de bochechas. Eu sabia o quanto ela odiava ser tratada como criança, mas era o seu momento e seus tios não iam deixar passar assim tão fácil.

— Thalia... — disse ao me aproximar. — Peço desculpas, o seu presente não ficou preparado a tempo — menti, eu havia me esquecido mesmo.

— Tudo bem, pai. — Ela me abraçou apertado. — Você estar aqui, já é o meu maior presente.

Enchi seu rosto de beijos. Minha garota já estava tão grande, tão moça. Aquela cena, toda a minha família reunida, eu não poderia querer mais.

Nós nos ajeitamos para sentar à mesa de jantar, que meu marido cuidadosamente arrumou, junto de seus ajudantes malucos. Quando íamos nos servir, a campainha soou, indicando que alguém estava na porta, o que era bem estranho. Fiz menção de levantar, mas Thalia foi mais rápida.

Minha filha seguiu sorridente para fora da sala de jantar, enquanto o resto estava ajeitando seus pratos. Por um momento, uma sensação estranha me invadiu, como se algo estranho estivesse próximo a acontecer.

Meus sentimentos quase nunca estavam errados.

De repente, Nathan e Thalia chegaram à sala de jantar. Ele parecia meio sem jeito, principalmente quando todos se viraram para ele, surpresos, estáticos, por ele estar ali, inclusive eu. Desde que soubemos da sua real condição, vê-lo próximo da minha filha quase sempre me deixava com o coração na boca, o medo de algo acontecer a ela.

O ser mais perigoso, que ousei conhecer, agora iria jantar comigo, no aniversário da minha filha.

— Família, eu espero que não se incomodem, chamei o Heitor para participar do meu aniversário. — Ela passou a mão entre os cabelos, sorridente.

— Claro, filha. — Noah sorriu e levantou-se, indo em direção aos dois. — Não tem problema algum, é o seu aniversário.

Nathan o encarou, parecia não entender, principalmente quando meu marido estendeu a mão em sua direção como cumprimento.

— É um prazer ter você aqui, Heitor.

Eu reconhecia aquele sorriso, Noah estava fingindo, para que o aniversário não saísse do controle e algo magoasse Thalia.

Todos o cumprimentaram, menos eu. Não conseguia fingir quando algo me incomodava, no caso, aquele rapaz ali presente, que estava sendo a minha maior dor de cabeça nos últimos dias.

— Sylas... — murmurou Gaia, próximo a mim, se debruçando perto de minha orelha. — Só vamos manter a calma por Thalia, tudo bem?

— Por que tenho a ligeira impressão que somente eu não estava sabendo que esse cara viria?

A mais baixa apenas se ajeitou, sem responder à minha pergunta.

Depois que estavam todos devidamente sentados, começamos a nos servir. Ficava, a todo o momento, observando Nathan, de forma disfarçada, e ele parecia muito incomodado, sem jeito, e era desse jeito que eu queria que ele se sentisse. Ele não pertencia àquele lugar, nem servia para ser companheiro da minha filha. Era uma bomba relógio que poderia explodir a qualquer momento.

Senti uma mão pousar sobre a minha; a seguir, o braço. Vi que era Noah, me lançando um sorriso caloroso e retribuí. Ele tinha o poder de espantar a nuvem de raiva que insistia em estar por perto, e eu podia me esquecer de qualquer coisa quando sentia seu toque, me concentrando apenas nisso.

Mas ali estava sendo impossível.

Depois de me inclinar e beijar a bochecha do meu marido, voltei a observar o jovem casal na minha frente, e meu sangue ferveu ao presenciar aquela cena. Nathan estava comendo, depois de virar para Thalia, que o chamou; havia algo no canto de seus lábios. Vi minha filha dar um beijo na ponta de seus próprios dedos e levar ao local que estava sujo, limpando o canto da boca de Nathan. Ele corou, arregalando os olhos, e ela sorriu. Era algo que Noah havia lhe ensinado, e ela só fazia conosco.

— Nath- — Tossi, corrigindo-me. — Heitor, será que poderíamos ter uma conversinha?

Seu olhar dirigiu-se a mim. O brilho nos olhos havia morrido, e ele abriu um sorriso fingido.

— Claro — disse ao se levantar depois de mim e me seguir.

Seguimos para os fundos da casa, próximo da piscina que ficava um pouco afastada. Eu me virei para ele, o olhando bem sério.

— O que você pensa que está fazendo?

— Como é? — Nathan perguntou.

— Nathan, para com esse joguinho, já deu! — Apontei para ele. — Ela não tem nada a ver com isso, não merece sofrer por minha causa. Você queria me assustar? Me irritar? Você já provocou tudo isso! Agora, deixe a Thalia fora disso.

De repente, ele mordeu fortemente os lábios, antes de soltar uma risada sarcástica.

— Nossa, como você é engraçado. — Levou a mão ao bolso. — Admito que tenho nojo de você, Sylas, afinal, você é podre. A todo o momento, você só se preocupa com ela, mas comigo, que carrego o seu sangue, você pouco se importa.

Abri a boca para retrucar, mas ele continuou:

– Eu não estou fingindo nada, não estou fazendo nada com ela. Eu amo a Thalia, com todo o meu coração que, infelizmente, não tenho – sua voz vacilou por um momento. – Cara, isso é algo que você nunca vai entender e sinceramente nem eu entendo. – Ela é doce, gosta de mim, mesmo eu sendo quem sou, mesmo que o resto de vocês me odeie, inclusive você que é meu próprio pai. Eu não ligo, o importante é o sentimento que Thalia tem por mim e como eu a faço sorrir.

Meu sangue ferveu, sentia cada parte do meu corpo ser tomada por um sentimento de raiva, como quando eu era um demônio. Eu queria, naquele momento, dar um fim àquilo tudo de uma vez por todas.

– Você está amando? Um *Bellator*? Faça-me rir. – Gargalhei. – Só pode estar de sacanagem, acha que vou cair nesse joguinho de merda?

Seu semblante fechou, dando espaço a um Nathan diferente, que eu tinha visto há milênios. Seus olhos, agora vermelhos, estavam dominados pela ira. Seus punhos cerrados tinham veias à mostra, e suas presas haviam mudado de tamanho.

– VOCÊ NÃO SABE NADA SOBRE MIM! – Começou a caminhar em minha direção. – É UM BOSTA DE UM PAI QUE NUNCA ME PROCUROU, QUE SEMPRE ME REJEITOU!

Comecei a sentir medo, a cada passo dele, eu andava um pouco para trás. Havia algumas cadeiras e mesas próximas a nós, que usávamos quando resolvíamos entrar na piscina.

– VOCÊ PREFERIU ME DEIXAR APODRECENDO NO PURGATÓRIO, SOZINHO, DEVASTADO! – O olhar era triste. – VOCÊ... VOCÊ NEM SEQUER, POR UM MOMENTO, PERCEBEU QUE EU NÃO TENHO CULPA NENHUMA DISSO!

Nathan tentava piscar várias vezes, tentando esconder os olhos marejados, a vontade de chorar.

– EU SÓ QUERIA QUE VOCÊ ESTIVESSE LÁ, SÓ ISSO. – De repente, ele parou e levou o braço ao rosto, tentando secar as lágrimas que insistiam em cair. – Eu estava sozinho, estava triste, não sabia o que fazer e ninguém quis saber de mim.

Meus olhos se arregalaram, desviei meu olhar para o chão. Fiquei sem saber o que dizer, minha garganta parecia ter fechado. Eu era o verdadeiro monstro ali, o sem coração.

– Nathan, eu... – Quando dei um passo em sua direção, ele se manteve desperto. De repente, Nathan foi engolido pelas sombras, indo para bem longe dali.

Pude escutar um choro baixinho. Quando virei em direção ao som, Thalia me olhava assustada, e Noah estava atrás dela, com a mão em seu ombro. Antes que eu pudesse dizer qualquer coisa, ela saiu correndo para dentro de casa, e Noah foi atrás dela.

Continuei ali, sem saber o que fazer e, como sempre, estragando tudo.

ERROS

Era engraçado como a vida gostava de bagunçar tudo. Um dia, estou morrendo de amores com a minha família; noutro, Thalia revela que está saindo com alguém; agora, está morrendo de raiva de mim. Sinceramente, eu era o meio humano mais azarado mesmo.

Mas o mais importante, naquele momento, era como ela estava.

Eu já me via perdido, Nathan foi para algum lugar distante, lugar que eu sequer imaginava. Thalia estava triste comigo, e eu sem saber por onde começar.

Apoiei-me em uma das cadeiras que havia ali perto, encarando o chão enquanto tentava achar uma solução para tudo o que estava acontecendo naquele momento.

Já estava um pouco tarde, acompanhei meus amigos até a saída e me despedi, informando que conversaria com Thalia e daria notícias, assim que possível. Suspirei cansado, assim que fechei a porta. Pensar no que dizer para não piorar as coisas parecia tão difícil. Como explicar a ela tudo que ouviu? Como explicar a ela que um filho meu ficou abandonado por anos em um lugar, aonde as almas vão para decidir seu caminho?

Enquanto subia as escadas, pensava em como Nathan estaria naquele momento, desorientado, perdido, sozinho e sofrendo. Talvez, pensando em mil e uma maneiras de me matar. Se antes ele poderia querer me matar, agora era cem por cento de certeza.

Eu só queria que um meteoro caísse na minha cabeça para solucionar, de uma vez, os problemas que estavam acontecendo, pois eu era a chave de tudo de ruim no momento. A culpa era minha.

Parei em frente à porta marrom-claro e encarei o chão por um momento, pensando em como poderia abordar a situação. Devagar, toquei na maçaneta e a girei, com cuidado, e fui abrindo a porta. Pude ver Noah sentado sobre a cama, acariciando os cabelos escuros de nossa filha, e seus olhos estavam marejados. Thalia estava com o rosto levemente avermelhado, parecia tão confusa. Encostei a porta atrás de mim.

– O que você está fazendo aqui? – indagou Thalia virando a cabeça.

– Sylas... – Noah olhou para mim.

– Eu... – Vacilei. – Eu acho que você merece uma explicação de tudo que aconteceu.

– Explicação? Pai, acorda! – Ela levantou rapidamente. – Não tem explicação, eu já ouvi tudo!

– Thalia, não é bem assim – disse. – Eu preciso explicar tudo o que aconteceu lá embaixo.

– Explicar? – Sorriu sarcástica. – Você não precisa fazer isso! Ao contrário de você, que sempre tem medo de dizer a verdade, Nathan me deixou sabendo de tudo.

Arregalei os olhos, e Noah também olhou surpreso para nossa filha. *Nathan? Então, ela já sabia seu nome verdadeiro.*

– Ele me disse tudo, ontem à noite, quando marcamos de nos encontrar. – Fungou. – Disse que queria ser sincero comigo, explicou que era uma criatura que viveu no Purgatório por anos. Disse o quanto era poderoso e o porquê se interessou por mim, de verdade. E que tudo havia mudado.

Apertei os punhos, meu coração batia rápido.

– Disse que tudo mudou quando começou a se apaixonar, mas que, no início, ele queria se vingar de você. – Seu sorriso era triste. – Não acreditei até ele me mostrar sua verdadeira forma.

Estava devastado, não seria mais um de seus teatros? Não sabia, ele parecia realmente quebrado quando brigamos, desolado. Eu já não sabia mais em que acreditar.

— Eu só não sabia que ele era seu filho. Por que nunca me contaram sobre a outra vida de vocês? Por que nunca me contou que tinha um filho de seu sangue? — As lágrimas desciam rápidas pelas bochechas de Thalia. — Por que mentiram para mim todo esse tempo?

— Thalia… — Noah levantou-se e segurou seus ombros. — Era uma situação, da qual não nos lembrávamos. Sua tia Dandara fez um sacrifício, para que tivéssemos uma nova vida. Fomos forçados a nos lembrar dela com a chegada de Nathan, não sabíamos ao certo o que ele queria de verdade e o que ele representava.

Aproximei-me de minha filha e toquei seu rosto, forçando-a a me olhar, e limpei suas lágrimas.

— O seu pai Noah não tem nenhuma culpa nessa história, eu escondi muitas coisas de vocês. Talvez por nunca ter que contar algo a alguém, eu me acostumei a viver assim. — Passei meus braços em volta dos dois. — Eu peço desculpas a vocês, por não tratá-los como minha família, como meus companheiros, melhores amigos… Eu deveria ter sido sincero sobre tudo. Nunca quis magoar ninguém, talvez tenha pensado que esconder fosse melhor para evitar qualquer sofrimento, mas, na verdade, omitir é muito pior. — Suspirei. — No fim, eu magoei vocês de qualquer jeito.

Eles me olhavam enquanto eu dizia.

— Eu fui um péssimo pai para o Nathan, por um erro que cometi com a mãe dele, eu o culpei. Eu o puni por isso, quando os errados éramos apenas eu e ela. Nathan nunca teve culpa. — Desviei o olhar para o chão. — Eu acho que nem sei por onde começar com ele.

— Papai, só faça o certo. — Senti suas mãos sobre meu rosto. — Só se desculpe, mostre que está arrependido. Mostre o quanto você é amoroso e ótimo pai. Você não deve desculpas a mim e, sim, ao Nathan.

Eu entendia o que ela queria dizer, precisava fazer aquilo, precisava mostrar ao Nathan que eu não era mais o mesmo Sylas, que virou as costas para ele, que não quis saber dele. Eu me importava, queria ajudar, estava arrependido.

— Você está muito chateada comigo? — indaguei.

— Vou demorar um pouco a digerir tudo isso, peço paciência de vocês dois.

— Tudo bem, filha — disse Noah. — Você pode ter todo o tempo do mundo.

Soltei os dois.

— Filha, só preciso perguntar uma coisa, antes de te deixar descansar. Acredito que você esteja de cabeça cheia.

— Claro, pai. Diga.

Ela caminhou até a cama, onde se sentou.

— Você tem ideia de onde Nathan possa estar? — perguntei. — Algum lugar aonde ele vai quando está chateado.

Thalia desviou o olhar para o chão, parecia pensativa.

— Não faço ideia.

Sentia que era mentira, mas não queria mais insistir. Nem direito a isso eu tinha, só havia feito besteiras, tinha que dar um tempo aos dois.

[...]

Entrei em meu quarto, acompanhado por Noah, que suspirou cansado, deitando-se na cama. Tirei a camisa e me deitei ao seu lado, e o mais novo se aconchegou em meus braços.

— Nossa vida virou de cabeça pra baixo.

— E de uma forma tão rápida que não consigo acompanhar — completei.

— O importante é que tenho você para me manter de pé, para me ajudar a seguir em frente.

Ao fitar aqueles olhinhos me encarando com tanta admiração, com tanto amor, eu desabei em lágrimas desesperadas. Eu não merecia tudo aquilo, eu não merecia Noah e todo o seu amor, depois de tudo que fiz, depois de tê-lo enganado daquele jeito. Eu não merecia nada, além do desprezo.

— O que foi? – indagou.

— Eu fiz tudo errado, Noah. — Solucei. — Recebemos uma nova chance para viver, para sermos felizes, e estraguei tudo, joguei tudo no lixo. Dandara sacrificou seu possível retorno aos Céus, para voltar a ser um anjo perfeito, pertencer ao exército de seu pai outra vez, e olha tudo que está acontecendo agora. — Impulsionei meu corpo de forma que ficasse sentado na cama. — Eu só trouxe sofrimento.

— Não diga essas coisas. — Noah levantou-se.

— Eu devia ter apodrecido no Inferno, não deveria ter atendido ao seu chamado naquela noite, não deveria ter fingido que era seu servo, brincando de demônio malvado. Deveria ter ignorado, sabia que era brincadeira de jovem. — Respirei fundo. — Eu deveria ter seguido meu caminho, sem aparecer na sua vida, para que você vivesse normalmente com quem merecesse seu coração.

De repente, senti as pontas dos dedos de Noah tocarem no meu rosto, forçando-me a olhá-lo. Ele tomou meus lábios, sem qualquer cerimônia, aprofundando em um beijo terno, cheio de carinho e saudades. Meu marido sentou-se no meu colo e passou seus braços em volta de meu pescoço, e a luz da lua iluminava nosso quarto pela janela atrás de nossa cama.

— Nunca pense que minha vida teria sido melhor sem você, eu nem quero pensar em que rumo teria tomado. — Sorriu carinhosamente. — Eu amo você, Sylas Guo, por isso, aceitei me tornar seu marido. Você pertence a mim nesta vida, vai pertencer na próxima e em qualquer outra que vier após. Eu nunca vou me arrepender de ter lhe entregado o meu coração.

Abri um pequeno sorriso ao tê-lo enxugando minhas lágrimas; segurei sua cintura, com cuidado, fazendo-nos trocar de posição. Agora, ele estava deitado sobre a cama, embaixo de mim, e eu sobre ele.

Tomei seus lábios de forma feroz, expressando todo o meu afeto, eu precisava tê-lo, precisava senti-lo.

E seus gemidos entre o beijo só me deixavam com mais vontade de tomá-lo.

[...]

Acordei com as luzes do Sol tocando todo o quarto. Ao olhar para o lado, a cama estava vazia, possivelmente Noah já havia ido trabalhar, e Thalia ido para escola.

Levantei-me, pegando a calça que estava jogada no chão ao lado da cama e a vesti, me pondo de pé. A noite anterior havia sido bem intensa, no fim. Quero dizer, as nossas roupas ainda estavam espalhadas pelo chão, não me lembrava de ter jogado a cueca de Noah tão longe, a mesma se encontrava sobre o monitor do computador.

Ri baixinho ao atravessar a porta.

Desci as escadas e fui até a cozinha, abri a geladeira, tirei a garrafa de leite. Servi um copo e bebi tudo. Fiquei pensativo por um tempo. O dia seria longo e bem complicado, precisava colocar ponto final em tudo com Nathan, precisava ter minha filha de volta e voltar a manter a felicidade entre toda a nossa família.

— Só de pensar em tudo que vou precisar fazer... — disse baixinho.

Meus pensamentos foram interrompidos quando escutei o barulho da campainha. Deixei o copo sobre o balcão e me dirigi à porta. Ao abri-la, meus olhos se arregalaram.

— Tem cerveja aí? — disse Dandara, com um sorriso nos lábios.

Ela caiu em meus braços, cansada e completamente machucada. Seu rosto estava quase irreconhecível, seu belo vestido que costumava sempre usar estava rasgado, parecia que havia entrado em uma briga feia. Eu a levei para dentro rapidamente e a deitei sobre o sofá, corri até a geladeira e peguei uma bolsa de gelo para as marcas roxas em seu rosto.

– Dandara, o que aconteceu? Eu nunca te vi machucada assim.

– Ah, isso? Nem dói. Ai! – resmungou ao colocar a bolsa de gelo.

– Quem fez isso com você?

Eu já sabia, no fundo.

– Eu o segui ontem à noite, depois de sair daqui. Ele não gosta muito de conversar quando tá puto, puxou ao pai mesmo.

– Dandara...

– Eu pedi que ele descontasse toda raiva em mim, que poupasse você, Noah e Thalia – disse. – Ele me bateu, chorou bastante enquanto fazia isso, mas se recusou a pôr um fim e gritou, para que eu fosse embora.

– Eu preciso vê-lo, preciso conversar com ele.

Ao ver minha melhor amiga daquele jeito... Aquela situação já tinha ido longe demais.

DESPERTAR

– Onde ele está, Dandara? – perguntei.

– Você quer vê-lo? – indagou ela. – Por acaso está cego? Não está vendo o que ele fez comigo? – Ela retirou a bolsa de gelo e voltou a me encarar. – Ele não vai pegar leve contigo, Sylas. Ele estava pronto para me matar, é muito forte. – Suspirou, sem entender. – Mas, por algum motivo, não quis. Acabei me regenerando o suficiente para chegar até aqui.

De repente, vi Dandara desviar o olhar para o chão. Seu semblante preocupado não combinava com seu estilo irresponsável, mas quando se tratava de sua família, ela sempre tinha a cabeça no lugar.

– Eu me preocupo com você e com toda a nossa família. – Dandara segurou minha mão, voltando a me encarar. – Eu fui porque sei que a vida de todos seguiria muito bem sem mim, sempre causei muitos problemas e fiz muitas besteiras. Você precisa ficar vivo, se manter forte por todos, você é tão sábio quanto o Hélio. Eu sou apenas um velho anjo que só faz besteiras.

– Só faz besteiras? Dandara, você é a mana que mais usa a cabeça, antes de fazer algo! Você não é má, você só pune quem o faz. Eu compreendo que carregar o fardo por ser sempre a culpada pelas coisas ruins que acontecem no mundo deve ser bem ruim, mas eu te conheço. Você é a minha melhor amiga, eu entendo querer me proteger de tudo, mas se trata do Nathan, meu filho. Eu preciso dar um basta em tudo isso.

Percebendo que a cacheada iria retrucar, eu apenas me levantei, a ignorando.

– Eu vou perguntar novamente, preciso que me responda. Dandara Nyota, onde ele está?

Vendo que eu não desistiria, por fim, Dandara me contou.

– Eu só peço que você não vá sozinho – pediu. – Por favor.

– Tudo bem.

[...]

Chegamos à casa de Hélio, onde o mais velho se espantou com a aparência destruída de Luci – que apenas sorriu, como a idiota de sempre. Ethan passou um de seus braços em volta de seu ombro, levou a morena para dentro e eu os acompanhei. Observei-o deitá-la no sofá e, então, seguir com uma chuva de sermões sobre o quanto ela era irresponsável por ir sozinha atrás de Nathan e o quanto isso poderia, não só ter nos prejudicado, como a toda humanidade.

– Imagina se os outros príncipes descobrissem que você morreu? Imagina o caos que a Terra se tornaria? Pior ainda! – esbravejou. – Imagina como seria para nós, se você tivesse realmente morrido?

– Como se você fosse sentir minha falta, Ethan, não é para-

Antes mesmo que Dara pudesse terminar a frase, Ethan desferiu-lhe um tapa no rosto, sem se importar com as condições em que ela estava. Fiquei boquiaberto quando olhei para o mais velho e seus olhos estavam marejados. Ele estava chorando.

– Você é uma merda, parece que tem bosta no lugar do cérebro! Não é para tanto. Era isso que você queria dizer? Dandara, você é minha irmã há milênios! Todos vocês são o que eu mais tenho de precioso! Se, para mim, seria devastador saber que você poderia estar morta agora, imagina para Gaia e Alex, que estão esperando você voltar para casa? – Sua voz falhava. – Eles estarão aqui daqui a algumas horas, imagine se você não estivesse aqui? Sua merda, eu quero te matar!

O Ethan sempre foi o mais sentimental, por mais que não admitisse. Seu ciúme e seu jeito protetor, por muitas vezes nos livrou de maus lençóis, apesar de também já ter nos complicado.

Observei Dandara se levantar com dificuldade e passar seus braços em volta dos ombros do outro, que a abraçou forte.

– Desculpe. – A palavra mais sensata que Dandara poderia dizer naquele momento.

Acabei me afastando para deixá-los conversarem melhor, adentrei onde ficava a biblioteca da casa, com os milhares de livros do Hélio. Fiquei ali encarando as grandes estantes enquanto pensava em ter prometido à Dandara que não iria procurar Nathan, o que seria uma grande mentira. Não era de quebrar promessas, não com tanta frequência.

– Quer ajuda?

De repente, o bruxo entrou no local e se aproximou da estante em que guardava vários livros. Ele se apoiou ali e voltou a me encarar.

– Você vai atrás dele, não é? – perguntou.

– Está tão óbvio assim? – Dei um sorriso sem graça.

– Lembra-se da sua outra vida, quando eu ainda era bem jovem? – Respirou fundo. - A gente sempre terminava fazendo merda mesmo, em sua maioria.

– É... – Ri por alguns momentos. – Eu me lembro.

– Eu não vou pedir que não vá atrás dele, Sylas, porque eu sei que você irá. – Cruzou os braços. – Eu só quero pedir uma coisa.

Eu não tinha como negar.

– Se tudo sair do controle, por favor, saia do local. Não fique.

– Lio, eu posso prometer a todos vocês milhões de coisas, mas eu jamais vou saber como será quando estivermos frente a frente. – Suspirei. – Eu quero muito que nada saia do controle, mas se for preciso para que ninguém sofra ainda mais, que assim seja.

Hélio assentiu. Sempre me compreendia quanto às minhas decisões, mesmo sendo as mais erradas do universo. Ele dizia que era seu papel e que jamais deixaria de se preocupar. Fez sinal para que eu o acompanhasse em direção ao fim da biblioteca, onde tinha uma estante com vários frascos. Pegou, atrás deles, uma caixa e colocou sobre a mesa que havia perto dali.

– Você parece estar sempre preparado para tudo.

– Quase isso – respondeu.

– Sempre tive curiosidade sobre como você sobreviveu todos esses anos.

Era curioso como ele sequer ficava doente.

– Sabe o Grimório que Noah tocou e libertou Nathan? – Assenti. – Nele, há alguns feitiços, inclusive esse da imortalidade. Foi difícil, precisei de ajuda do Ethan para reunir tudo o que precisava, mas consegui. Digamos que, enquanto ninguém encontrar essas coisas, eu estarei por aqui.

Depois daquele momento, passei a ter ainda mais medo de Hélio Duarte.

Ao abrir a caixa, havia um colar com um símbolo estranho, parecia bem antigo.

– Isto é um amuleto utilizado por uma tribo, que vivia como fugitiva no Egito, para que não fosse escravizada. Ela acreditava que isso despertaria o poder que fica escondido dentro de cada um de nós quando mais precisarmos – ele disse. – Eu nunca testei, mas é usado como proteção também. – Ao terminar, o colocou em meu pescoço.

– Você está me dando um negócio que nem sabe se funciona.

– Cala a boca. – Ajeitou em meu pescoço. – Você precisará de toda proteção possível ao chegar perto dele.

– Isso, se ele me deixar chegar. – Toquei o pingente. – Obrigado, amigo.

Estiquei minha mão em sua direção, para que o mesmo pudesse apertá-la, ele sempre fazia isso, mas, desta vez, a ignorou e caminhou até mim, abraçando-me.

[...]

Já fazia algumas horas que estava dirigindo para fora da cidade, apenas um vasto local aberto, com uma plantação enorme, dava para ser visto a quilômetros à frente.

Após dirigir bastante, adentrei uma estrada de terra que dava acesso a um local com muitas árvores, parecia estar entrando em alguma floresta bem antiga de Vila Girassol, os troncos eram gigantes.

Ao chegar a um caminho bem estreito, não teria como continuar com o carro. Tomei o casaco que havia deixado sobre o banco do carona e saí do veículo.

Comecei a caminhar dentre as árvores, tentando encontrar o local que Dandara havia me informado. O sol das quatro da tarde estava forte.

Após alguns minutos, a pé, cheguei ao local, era uma construção antiga abandonada, meio destruída até.

Vi Nathan sentado na entrada, o semblante acabado, o rosto com um corte que parecia ter sido aberto há pouco tempo, o corpo tomado por sua armadura preta e os cabelos bagunçados. Um cavaleiro, como seu povo o enxergava.

— Nathan? — Saiu quase como um sussurro.

Ele apenas levou seu olhar até mim.

— Eu não estava te esperando — respondeu. — Você veio aqui cometer a mesma idiotice que aquela merdinha da Lúcifer?

— Eu só quero conversar — tentava manter a voz o mais branda possível.

— Qual a parte do "você é podre" que você não entendeu? — Sua risada era irônica. — Eu precisava te dizer com todas as letras que "eu te odeio e não quero saber de você"?

— Eu só quero tentar consertar as coisas, só quero que você não precise mais viver com tanta raiva em seu coração. Só queria que você me...

— Não ouse dizer isso. – Sua voz soava perigosa.

Terminei firme:

— ...Que você me perdoasse.

De repente, o vi levantar. Seguiu em minha direção, de forma tão rápida que não pude acompanhar. Ele desferiu o primeiro soco, que acertou em cheio meu estômago, e eu me dobrei para aguentar a dor insuportável.

Logo, seguiu com outro em meu queixo, e cambaleei para trás; Nathan estava com os olhos vermelhos e me segurou pela gola da camisa.

— Te perdoar? — esbravejou. — Eu poderia quebrar cada pedaço do seu corpo, *pai*.

Com muito esforço, eu o chutei, dando impulso para trás, e ele me soltou. Nathan deu um passo à frente para me aplicar outro soco, mas consegui defender com meu antebraço, mas ele era mais rápido, esquivou para acertar o lado oposto que eu havia defendido e a força me jogou para trás. Continuou sem parar, até um ponto em que eu já não conseguia mais defender e desviar, só podia ouvir seus gritos de raiva.

Até o momento em que caí no chão.

Quando ele estava pronto para aplicar mais um soco em direção ao meu peito, eu apenas fechei os olhos, aceitando o que viria a seguir. Em meus pensamentos, apenas o sorriso de Noah e Thalia iluminavam os meus últimos momentos. A imagem de Nathan sorrindo com minha filha fez com que eu pensasse em como poderia ter sido, se eu tivesse presente em sua vida.

Senti, então, uma aura preta me engolir em meus pensamentos, o sangue ferver em minhas veias e, antes que seu punho tocasse meu peito, consegui levantar rapidamente.

Ele olhou em minha direção, sem entender, enquanto eu respirava fundo. As dores em certas partes do meu corpo simplesmente desapareceram, e minhas pupilas se dilataram de forma que passei a ter uma visão absurda, as unhas cresceram novamente, e eu me sentia como anos atrás.

Como o demônio servente da Ira.

PARADIGMA DA PERFEIÇÃO

Senti minha visão expandir de forma extraordinária novamente, e meus músculos pulsando; os sentidos mais aguçados eram deveras prazerosos. Podia-me sentir leve como uma pena, e as dores, por conta dos golpes, não existiam mais.

Pisquei por um breve momento, antes de voltar a encará-lo, coloquei-me em posição de alerta enquanto ele, Nathan, apenas abriu um sorriso, antes de seguir em minha direção.

— Assim fica mais justo quebrar cada pedaço de seu corpo.

Ele esticou o braço com o pulso fechado em minha direção, com bastante força.

Dei um passo rápido para o lado oposto, repetindo o mesmo movimento quando meu filho tentou mais uma vez.

Nathan se abaixou, tentando me dar uma rasteira, mas consegui desviar, estava bem rápido. Ele repetiu os mesmos movimentos algumas vezes, mas eu sempre conseguia escapar. Sabia que não poderia lutar com ele, pois mesmo em minha condição demoníaca, eu poderia morrer, caso tomasse um golpe certeiro.

— Você é um covarde! — esbravejou. — Lute comigo! Me bata!

Eu apenas continuei a encará-lo enquanto ele gritava.

— Você sabe que não vou fazer isso, Nathan - respondi. — Você pode continuar tentando me acertar e, quando o fizer, me mate da forma que preferir, mas não encostarei nem um dedo em você.

Nathan caiu de joelhos, e seu olhar triste estava marejado. Atrás de suas madeixas, pude ver as lágrimas que desciam sem parar. Ele parecia perdido, tão distante, mas não o Nathan mau que todos queriam que ele fosse. Era apenas um homem comum, que não sabia mais o que fazer.

Eu me aproximei com cuidado e devagar, sabia que atitude tomaria por ele, por Thalia e principalmente por meu amado Noah, a quem eu sempre agradeceria por ter me proporcionado tamanha felicidade.

Lembro-me de estar conversando com Dandara sobre seu smartphone e, um segundo depois, ser teletransportado à Terra, ficando de frente para uma casa que estava apagada, porém se escutava um falatório vindo do porão. Eu me aproximei da pequena janela que dava acesso e fiquei observando o grupo de quatro garotos, que estavam ali, repetindo o que o livro dizia. E naquele momento, percebi a oportunidade perfeita para sair do tédio que o Inferno estava me proporcionando.

Ao ouvir novamente a frase, deixei as sombras me engolirem e me levarem para dentro dali; quando apareci, todos me olhavam perplexos.

— Quem é você? — perguntou o moreno, meio nervoso.

— Sou Sylas Guo, o demônio que você invocou.

Por incrível que pareça, aquele moreno me chamou atenção de uma forma que eu não sabia explicar.

Sorri ao me lembrar da primeira vez que o vi, eu levaria essa lembrança comigo para sempre. Sabia que, depois desta vida, não haveria uma segunda chance, não haveria um retorno, seria a última vez.

Eu me agachei em frente a Nathan e segurei sua mão, fiz o mesmo cerrar o punho e, em seguida, o levei ao meu peito.

— Está tudo bem, você não tem culpa de nada que está ocorrendo. — Levei uma de minhas mãos ao topo de sua cabeça. – Se fizer você se sentir melhor, eu farei. Não ligo para o que acontecerá comigo, eu já vivi, já fui feliz, e você não pôde experimentar nada disso. Quero que você esteja aqui para viver, mesmo que isso signifique que eu precise ir.

O seu olhar era triste, mas sincero, parecia não querer fazer nada daquilo. De repente, Nathan balançou a cabeça, como se tivesse acabado de acordar de um transe, me empurrou e passou a aplicar golpes em meu rosto, e eu não fiz força para desviar.

Eram vários golpes seguidos, que eu provavelmente não aguentaria por muito tempo.

Pude ver seus olhos marejados novamente, a cada passo que dava. Acabei me encostando a uma árvore com o impacto do último soco. Nos encaramos mais uma vez, e eu sabia que, dessa vez, não teria algo para me salvar ou eu não tentaria me esquivar, apenas aceitaria o meu destino, o qual eu mesmo cavei.

Antes de fechar os olhos, pude ver um pássaro em uma árvore dali, era radiante e perfeita. Fiquei, ali, parado, esperando o que viria a seguir.

Senti apenas o vento passando pelo meu rosto, a velocidade do soco de Nathan e, então, o impacto que seu punho teve no tronco forte, que estava atrás de mim, e acabei deixando minhas costas escorregarem até que me sentasse no chão. Ele se afastou e encarou o chão por alguns momentos.

– Eu não posso fazer isso.

O observei encarar as próprias mãos, trêmulas.

– No fim, eu sou apenas uma marionete em toda essa história, apenas alguém que pode pôr um fim em tudo – ele disse. – Mas eu não quero, nunca quis. Quando minha mãe morreu, eu apenas me alimentei da raiva que sentia. Não era totalmente verdade, não era o que eu era. – Nathan suspirou e, então, limpou o rosto.

– Eu sei que qualquer coisa que eu disser, jamais pode apagar o que aconteceu. – Suspirei cansado, levando a mão ao rosto ensanguentado. – Sei que você é forte, afinal você é meu filho, não peço que você me chame de pai ou algo assim, mas, se um dia puder, quero conhecê-lo melhor e tentar consertar o que aconteceu.

— Consertar seria um pouco difícil, eu acho que não há conserto para o que ocorreu. — Suspirou. — Mas você pode, ao menos, viver sabendo que não vou matar você nem ninguém.

Dei um pequeno sorriso.

— Pelo menos, por enquanto.

Arregalei os olhos, e meu sorriso congelou. Logo Nathan acabou rindo baixinho, antes de esticar a mão em minha direção e me ajudar a levantar.

Após ver aquela atitude nobre, percebi que ele nunca precisou de alguém para apontar a direção correta, ele já era alguém do bem, mesmo tendo exemplos tão ruins à sua volta.

[...]

Foi questão de segundos, para que aparecêssemos em frente à minha casa, e Nathan me carregava nos braços, devido à sua impaciência com a minha dificuldade de andar. Eu havia tomado diversos socos de um *Bellator,* e ele queria que eu pudesse caminhar de um jeito bem tranquilo.

Deu alguns passos até a porta de entrada, e pude escutar algumas palavras sendo proferidas em um teor de preocupação do lado de dentro da casa:

— *Já faz horas, e ele ainda não voltou do trabalho!* — Era Noah. — *Isso se é que ele foi até lá, se não cometeu a idiotice de ir atrás do Nathan sozinho e já deve estar morto a essa altura. É um idiota, se tiver ido sozinho.*

— Com isso, eu concordo, é um idiota — murmurou Nathan.

— Ei! Eu estou aqui.

— Eu só compartilho da mesma opinião, né?

Depois dessa breve conversa nem um pouco insultante, o moreno me soltou, para que eu ficasse em pé, sozinho, o que consegui fazer. Bateu à porta e se posicionou atrás de mim. Todos que estavam lá em casa não demoraram muito a correr e abrir, olhavam para nós perplexos, sem acreditar e entender. O rapaz, que apenas revirou os olhos, me jogou sobre eles, e Noah e Alex me seguraram de forma rápida.

— Eu sabia que você tinha ido cometer essa idiotice! - disse Noah enquanto me abraçava.

— Mas eu voltei, são e salvo para você. — Tossi um pouco após o abraço. — Quer dizer, meio quebrado.

Gemi ao sentir sua mão bater em meu ombro. Por mais que a minha forma demoníaca tivesse me protegido, parecia que os efeitos colaterais estavam aparecendo naquele momento.

— O Nathan, ele... — Ao me virar para mostrá-lo, ele já não estava mais ali.

Todos me encararam confusos e eu também estava, ele havia ido embora, sem dizer nada, somente me deixou ali.

Abracei Noah e Thalia mais forte que podia. Eu nunca me senti tão aliviado quanto naquele momento. Logo depois, nossa filha se desprendeu do abraço, deixando apenas nós dois.

Passei meu braço em volta da cintura do meu marido e o puxei para perto, tomando sua boca da forma mais rápida que pude. Sentir seu toque; sentir suas lágrimas tocar meu rosto; sentir seus lábios macios outra vez era o que valia a pena, no fim.

Depois disso, me soltei de seus braços e os outros vieram me abraçar, Gaia, Alex, Dandara e Ethan, acabei por ganhar outros tapas pela preocupação, mas eu não tinha muito do que reclamar. Estava agradecido por aquele momento.

Ao ver Hélio, abracei-o forte e sussurrei em sua orelha um "obrigado". Seria eternamente grato por toda a ajuda que ele me deu.

Voltei ao meu marido e o abracei forte novamente, finalmente me senti em paz com toda aquela situação.

Nathan não havia me perdoado, e eu compreendia, mas saber que pelo menos havia sido selada uma trégua já estava bom. Eu me perguntava aonde ele teria ido e se o veria novamente. E pensar que toda aquela situação quase fez com que eu perdesse Noah... Agora, podia respirar aliviado.

Dentro de casa, tomei um longo banho enquanto os outros preparavam o jantar. O sangue escorria junto da água e, em algumas partes do meu corpo, era possível ver as marcas, parecia que havia ganhado diversas tatuagens por uns dias. Ao terminar, fui até o quarto, onde vesti uma roupa mais confortável e depois desci para me juntar aos outros.

Passaram algumas horas e, quando terminaram o jantar, contei sobre todo o acontecido e como foi demais me sentir um demônio outra vez, como se aquela parte minha nunca fosse morrer, como me senti invencível.

— Ah, eu me lembro de que a sua bunda ficava linda naquelas calças apertadas que você usava. — Noah riu enquanto eu o ajudava a guardar as louças.

Comprimi os olhos, ele era um safado mesmo.

— Eu me lembro também de quando você me conheceu, vivia me espionando enquanto eu trocava de camisa — revidei. — Você é um verdadeiro safado mesmo.

Todos começaram a rir, e Noah ficou envergonhado.

— Não era bem assim...

Sua frase foi interrompida pela campainha, Noah secou as mãos e caminhou em direção à porta.

— Nathan?

Ao escutá-lo, fui até a porta com dificuldade, e Nathan estava parado na entrada, passando os dedos entre os cabelos, parecia nervoso.

— Sei que não estou em posição de pedir nada — disse. — Eu gostaria de falar com a Thalia.

Não precisamos nem chamá-la, ela já estava ao meu lado. Pediu para que ele entrasse, mas Nathan disse que só precisava falar com ela rapidamente.

Thalia saiu, se afastando um pouco. Ele realmente estava sendo breve, apenas se debruçou um pouco para próximo da orelha dela.

Pude observar Thalia e Nathan em um abraço apertado em seguida e, logo depois, voltou, acompanhando-a até a porta. Ela pedia para que ele não fosse, que ficasse ali consigo. Antes de respondê-la, ele me encarou e disse novamente que iria embora.

— Você pode ficar, se quiser — disse.

Após dizer aquelas palavras, meu marido me olhou, e eu sorri, apenas assentindo.

— Sim, fica para o jantar, pelo menos. — Noah voltou a encará-lo. — Mesmo que você tenha tentado matar o meu marido e seja praticamente o anticristo. Enfim, é uma situação esquisita? Mas nada que uma farofa não resolva.

Depois de muita insistência, não só da nossa parte como de Thalia, Nathan acabou cedendo e entrando em nossa casa.

Ajeitamos as mesas no quintal do lado de trás, e após preparar todo o banquete, arrumamos todo o local. Sentamos ali e ficamos conversando um pouco, algumas conversas banais do dia a dia, outras sobre relacionamentos.

Thalia contou animadamente como foi a primeira vez que viu Nathan e o mesmo ficou sem graça, era tão engraçado olhar para os dois e me lembrar de como Noah ficava muito sem jeito ao meu lado quando o conheci. Ainda fica quando o elogio demais.

Fiquei um tempo encarando o meu marido, era o paradigma da perfeição, uma beleza extraordinária e um coração doce, grande. Pensava no que fiz na minha primeira vida para merecer alguém tão maravilhoso.

— Quem quer saber de piscina? — esbravejou Alex ao se levantar. — Vem amor, vamos nos divertir.

Pude vê-lo puxar Dandara e Gaia em direção à piscina, com roupa e tudo, se jogaram os três. Logo depois, Hélio olhou para Ethan, que apenas balançou a cabeça em negação e lançou um olhar perigoso à Dandara, que ignorou e o tomou em seus braços, pulando na piscina também. Noah me encarou.

— Amor, tô destruído, eu juro que queria, mas não dá. — Então, o mais novo apenas puxou Thalia, sem qualquer aviso, e foi também.

Ficamos eu e Nathan ali, olhando toda aquela festa e, pela primeira vez, pude vê-lo sorrir.

— Eles são assim sempre – disse.

— Vocês têm muita sorte de tê-la por perto sempre. — Pude vê-lo suspirar.

— Você também a terá por perto sempre, a partir de agora.

— É, talvez. – Apoiou-se nos joelhos, pondo-se de pé. — Onde fica o banheiro aqui fora?

Apontei a direção, e ele seguiu. Fiquei ali observando a piscina e todos se divertindo, especialmente meu marido, que não sorria há tanto tempo. Ele merecia aquele momento, merecia todos juntos outra vez, merecia se sentir novamente um jovem como quando o conheci: cheio de vida, sorridente e feliz.

Fui tirado de meus pensamentos ao escutar a porta da frente bater com força. Eu me levantei com dificuldade e caminhei até lá. Após abrir, vi Nathan caminhando.

— Já vai? – perguntei ao fechar a porta atrás de mim.

— Está na hora. — Ele se virou. — Eu não pertenço a este lugar.

— Você pode pertencer, se quiser.

— Ainda tenho muitas dúvidas ao meu respeito, o que sou e o que devo ser. — Suspirou. – Eu preciso entender melhor e ficar aqui não vai me ajudar. Talvez eu volte algum dia.

Eu não tinha direito de lhe pedir nada, afinal, se tudo chegou àquele estado, grande parte foi culpa minha.

Eu me aproximei com dificuldade, retirei de meu pescoço o colar que havia me protegido e coloquei em Nathan, que ficou observando o pingente.

— Ele me protegeu quando lutamos, espero que te ajude de alguma forma. — Sorri fraco. – Não que você precise de mais ajuda, você é forte demais.

Então, meu coração se aqueceu, e ele deu um pequeno sorriso, voltando seu olhar para mim.

— Mesmo com isso, eu poderia ter te partido ao meio.

Acabamos os dois rindo alto, depois da frase. Esse foi um momento que eu jamais esquecerei. Estiquei minha mão, e ele fez o mesmo, apertamos em um cumprimento.

— Tome cuidado.

— Eu tomarei — respondeu ao soltarmos as mãos. — Eu deixei algo para Thalia na mesinha, por favor, avise a ela.

— Eu aviso.

Nathan, então, girou os calcanhares, seguindo até a saída, e, logo após, as sombras o engoliram, sem deixar qualquer vestígio para trás.

Fiquei triste por não ter tido muito tempo com meu filho, mas saber que um pouco da tristeza em seu coração havia se esvaído, me ajudava a continuar.

Voltei a caminhar até a porta, onde pude escutar os gritos de alegria, vindos do quintal da casa, e apenas sorri de canto, pensando em quanta sorte havia por ter todos aqueles ali comigo por todo esse tempo.

EPÍLOGO

As asas batiam de forma incansável, enquanto os dois corpos cansados, não muito longe dali, travavam uma luta, cujo resultado era difícil de decifrar.

Ou talvez não.

Um tinha uma força deveras gigante; o outro apenas aceitava que aquele poderia ser seu fim.

Pousou em um ponto estratégico, onde podia observar melhor. Ficou decepcionado ao observar que tudo havia acabado de forma diferente do que esperava, era hora de intervir e avisar à Força Maior tudo que havia acontecido na Terra nos últimos dias, toda a bagunça que havia se tornado e que ainda iria se tornar.

Suas asas bateram novamente, dessa vez, em direção às nuvens, subindo cada vez mais, até que voou tão alto que podia visualizar os lindos portões dourados, guardados por dois. As aparências lembravam um pouco as dos homens da Terra, porém eram bem mais altos e mais fortes. As armaduras, em um tom marrom-escuro, deixavam bem claro a que classe pertenciam: eram os Querubins que antes foram guardiões do Jardim do Éden.

Ao pousar em frente a estes, o lindo pássaro branco se transformou em uma criatura também pertencente aos Céus, suas lindas asas brancas emanavam paz e tranquilidade, suas roupas claras brilhavam, sua espada no seu lado direito e os cabelos escuros presos deixavam o anjo com uma beleza ainda mais surreal.

Miguel.

Após os portões serem abertos, o anjo pertencente à classe de Arcanjos adentrou o local; à sua volta, havia grandes construções, diversas torres que eram responsáveis por guardar os segredos mais profundos do universo; outras eram os aposentos de cada classe celestial. Mas o que procurava era o local que ficava bem afastado dali, onde vivia o Criador de tudo aquilo.

Seu pai.

Ao chegar ao local, Miguel entrou sem qualquer cerimônia e caminhou pelo grande salão. Nas paredes, havia diversos quadros com cenas da criação do universo, além de grandes guerreiros de cada classe celestial. E no teto, havia diversas estrelas tão brilhantes quanto as que iluminavam o céu à noite.

— Pai — disse o Arcanjo ao se aproximar do grande trono e se ajoelhar em respeito.

Lá estava Ele, o Criador de todas as coisas, sentado em seu grande trono, banhado pelo material da vida. Em seu colo, tinha um pergaminho, e Miguel sabia o que havia nele.

— Miguel, você retornou — disse. — O que tem para mim?

— Não há boas notícias — respondeu. — Como era de se esperar, Lúcifer quebrou o pacto, e o filho daquele ser desprezível está vivo, além de trazer de volta as memórias daqueles dois, agora, humanos.

— Não me surpreende. — O grande Criador sorriu de canto. — Você provou o seu valor, Miguel, mostrou ser um guerreiro digno. É hora de darmos um fim ao que Lúcifer não teve coragem, basta apenas fazê-la pagar por quebrar o pacto.

— Meu pai, será um prazer servi-lo. — Então, ele se levantou e caminhou até um dos quadros próximo dali, com o pergaminho nas mãos.

— Reúna seus irmãos, chegou a hora. Pelo bem da humanidade, vocês terão que descer à Terra e dar um fim nisso.

— Prometo não o decepcionar. — E então, Miguel se levantou, seguindo a passos calmos para fora do grande Templo do Criador.

Ele encarava o quadro à sua frente, a mulher forte e de cabelo moreno parecia estar em uma batalha importante, e ela sempre foi a sua favorita, mas havia estragado tudo.

Lúcifer, o Anjo mais bonito que havia criado.

O pergaminho, em suas mãos, aos poucos foi tomado por uma chama, deixando de existir e desfazendo o pacto que havia jurado seguir. Não que ele não tivesse seguido, mas o Anjo Caído havia deixado sua palavra se quebrar e pagaria as consequências.

Em troca de suas lindas asas, você irá retornar as almas gêmeas à Terra. Porém, não poderá interferir ou seu coração apodrecerá e a sua imortalidade retornará àquele que lhe cedeu parte dela.

[...]

As consequências de suas atitudes chegaram até Dandara com o tempo, durante uma linda confraternização em família. Não teve tempo para se despedir de todos aqueles que amava, só se lembrava de ter abraçado Alex e Gaia pela última vez, antes de cair em seus braços, inconsciente.

Obrigado, pai.

ESPECIAL

COMO FUGIR

de um

QUASE ANJO

NOAH LOPES SEGUIU UMA BELA VIDA AO LADO DE SYLAS GUO, SEU MARIDO, COMPANHEIRO E MELHOR AMIGO. TUDO SEGUIA BEM, MESMO APÓS TODAS AS AVENTURAS QUE HAVIAM VIVIDO E QUE COLOCARAM À PROVA O SEU AMOR E ATÉ MESMO A SEGURANÇA DE AMBOS E DA FILHA.

DE REPENTE, DANDARA NYOTA, LÚCIFER, O ANJO MAIS BONITO JÁ CRIADO, ADOECE DEVIDO A UM PACTO EM QUE OS TERMOS FORAM VIOLADOS.

COM AJUDA DE SEUS AMIGOS, O CASAL EMBARCA EM UMA NOVA AVENTURA EM BUSCA DE UMA SOLUÇÃO PARA SALVÁ-LA, MERGULHANDO EM SEU PASSADO OBSCURO.

CRIATURA PERFEITA

"O lobo sempre será mau se você ouvir apenas a versão do chapeuzinho vermelho – Callegari."

Existem forças que vão além do que compreendemos ou sonhamos como podem ser. Há aqueles que acreditam que essas forças servem apenas como proteção e que não podem lhe causar algum mal, todavia as supostas boas forças podem vir disfarçadas com más intenções.

Há milhões e milhões de anos, havia diversas espécies espalhadas pela galáxia que eram responsáveis por manter o equilíbrio entre as estrelas, nunca deixando nenhuma se apagar. As estrelas eram responsáveis, também, por manter vivo o sentimento mais puro do universo: o amor. Quando uma criatura nascia, junto vinha uma nova estrela que brilhava para sempre, até mesmo depois da morte do indivíduo.

Essas espécies habitavam em planetas que haviam surgido sem nenhuma explicação e, entre eles, duas criaturas que eram rejeitadas por poder criar o que quisessem. Estas, após viverem à sombra dessa rejeição, decidiram fugir para um lugar na galáxia, onde pudessem ser elas mesmas. Juntas, decidiram iniciar uma nova espécie que se chamaria *Regibus*. Estavam nutrindo um sentimento inexplicável e suas estrelas brilhavam mais fortes do que nunca. Esse sentimento deu à luz algo que criaram juntos com tanto carinho, a Terra.

E então, para que pudessem proteger a sua criação, decidiram criar um exército poderoso de anjos liderado por quatro arcanjos, da classe mais poderosa: Gabriel, Rafael,

Miguel e Lúcifer – que mais tarde adotaram os nomes de Gael, Rayan, Joe e Dandara. Estes eram responsáveis por proteger a Terra e seus habitantes dos perigos que existiam na galáxia.

Com o tempo, um dos Criadores, seu Pai, deu a cada anjo uma tarefa.

Opção de escolha? Ora, criaturas divinas não deveriam saber o que era isso! Afinal, foram criados para cumprir ordens, até o Criador designar Lúcifer e alguns anjos para o submundo, local que fora nomeado *Inferno,* com a tarefa de receberem os pecadores e mandá-los para o tormento eterno por terem desobedecido às leis divinas.

Lúcifer, o arcanjo inteligente, começou a observar os seres humanos – indivíduos criados para habitar a Terra – que faziam o que bem entendiam, sem se importarem com consequências. Observando-os, descobriu que os humanos tinham como escolher se iam ou não para o Inferno, tinham como escolher se levariam uma vida fazendo o mal ou fazendo o bem, e o Anjo de Luz começou a ter inveja dos mesmos.

Depois de questionar ao Pai, o porquê de ser obrigada a estar ali, atormentando essas almas, já que não havia escolhido isso, o Criador percebeu que Lúcifer estava se corrompendo e deixando de ser um ser *"perfeito"*, afinal, o que ele considerava perfeito era o ser que lhe obedecia sem questionar, como seus outros filhos faziam, e não faziam por medo ou interesse.

Já Lúcifer não tinha nenhum dos dois sentimentos pelo Pai, realmente o amava, mesmo com o outro sendo injusto consigo.

O Criador, então, o castigou, tirando-lhe sua habilidade de voar, deixando suas asas mais pesadas e inúteis.

Ressentida com os Céus e seu Pai, a atual rainha dos sete ciclos infernais conseguiu fazer com que todos os anjos que estavam ali no Inferno, com ela, se rebelassem contra o Criador. Assim, Lúcifer virou a "deusa" do Inferno, governando o reino com regras a serem seguidas e tendo os demônios – que antes eram anjos – como seus seguidores.

Esta que, agora, se encontrava inconsciente, rodeada por todos aqueles que amava, apreensivos sem saber se Dandara iria acordar.

A PROFECIA SE INICIA

Já havia perdido as contas de quantas vezes verificou a tela de seu celular, na esperança de encontrar alguma mensagem perdida ou até mesmo um telefonema. Era inútil, isso não fazia o estilo dele, havia passado tempo demais ao seu lado para perceber que ele poderia também ser egoísta para com o sentimento dos outros.

Mas, caramba, já haviam passado cinco anos que ele tinha desaparecido de Vila Girassol. Cinco anos sem notícias de Nathan, porém Thalia precisava seguir em frente.

Perdeu as contas de quantos encontros fracassados havia tido, pois, no fim, nenhum sorriso era como o dele ou nenhum jeito idiota de dizer que seus cabelos eram lindos, quando deslizava o dedo indicador pela bochecha dela, levando sua madeixa para trás da orelha, era como o dele.

Foi tirada de seus pensamentos ao escutar o barulho de um carro estacionando, provavelmente era seu pai retornando do escritório. Levantou-se, seguindo para fora de seu quarto, em seguida, para o andar debaixo, onde encontrou Noah abrindo a porta e recebendo Sylas, que estava com um semblante cansado, visto que seu pai havia avisado que ficaria no trabalho, no dia anterior, adiantando tudo para folgar naquele dia.

— Oi, meu amor — disse Guo ao se aproximar de seu marido e depositar um selinho em sua boca. Em seguida, virou para sua filha: — Minha princesa! — Abriu os braços, aguardando Thalia abraçá-lo, o que não demorou muito.

— Credo, pai! Eu não tenho mais 4 anos.

– Você pode se tornar uma velhinha caquética, sempre vai ser minha princesa.

– Credo, Sylas! – Riu Noah ao escutar, e beijou o topo da testa de sua filha. – Bom dia, minha vida. Dormiu bem?

– Claro – mentiu ao soltá-lo. – Os tios já estão vindo?

– Hélio e Ethan estão a caminho – respondeu Lopes, que logo foi à cozinha, seguido pelos outros dois. – Alex e Gaia também estão a caminho, e Dandara mandou mensagem, dizendo que talvez se atrase.

– Nada novo. – Sylas revirou os olhos.

– Segundo ela, os Príncipes solicitaram uma reunião de última hora para informar algo importante, mas Dandara disse que havia escapado e estava a caminho.

– Ah, a Dandara não muda. – O outro sorriu enquanto se aproximava da geladeira.

Thalia se aproximou da bancada e sentou-se, observando seus pais, que jogavam conversa fora sobre algo banal. A morena apoiou o queixo nas mãos, imaginando como era antes de ela chegar, como era o dia a dia dos dois, como foi quando ficavam noites e noites acertando bêbados com discos de vinis e como se sentiram quando seus olhos se encontraram pela primeira vez naquele porão.

– Querida? – indagou novamente Sylas, que fez com que Thalia quase pulasse da cadeira. – Eita, estava em outro mundo.

– Que nada, pai. – Deu um sorriso sem graça.

– Você parece longe, minha filha. – Noah se aproximou. – O que houve?

A morena desviou o olhar, o que fez Sylas entender o que se passava. A mesma sempre ficava assim quando esta época do ano chegava e toda a família se reunia, ela ainda tinha esperanças, porém precisava ser franco. Por mais que fosse doer.

– Ele não virá, Thalia.

Voltou a encará-lo, sem deixar clara sua decepção. No fundo, Thalia sempre esperava que ele fosse atravessar a porta de entrada com flores, pedindo desculpa por tudo e dizendo que a amava, porém Nathan não era do tipo príncipe encantado.

— Eu sei. — Levantou-se. — Eu vou subir, não quero passar a festinha de pijama, né?

O pai aproximou-se, depositando outro beijo em sua testa.

— Você ficaria linda até com os calções de banho do Nono.

Ao dizer aquilo, Sylas recebeu um leve tapa na nuca e resmungou, fingindo chorar; Thalia apenas riu e, em seguida, se retirou para o quarto. Noah ficou observando a filha se retirar e, em seguida, cruzou os braços, olhando sério para seu marido, que ficou sem entender.

— Você não poderia, pelo menos, pedir pra ele vir? Pelo menos para que ela, sei lá... — Seguiu para o fogão e retirou o bolo pronto do forno. — Pudesse se entender com ele.

— E você acha que já não tentei? Nathan é cabeça dura, diz que não tem coragem e faz isso para nossa própria proteção — disse Sylas.

— Ele teve a quem puxar. — Não pôde deixar de rir. — Dói vê-la assim, Sylas. Já faz cinco anos.

— Eu sei, mas não há muito que eu possa fazer. Só o destino para resolver tudo.

— Pois é.

Não demorou muito para os convidados começarem a chegar, trazendo consigo algum presente ou prato pronto. Logo toda a turma estava reunida novamente na sala de estar, conversando sobre o passado e como estavam na correria do dia a dia.

Durante muitas conversas aleatórias, o assunto do suposto *nude* que Alex enviou para Dandara veio à tona; depois de render muitas risadas, ainda havia dúvidas a serem respondidas:

— Como assim tem sinal de telefone no Inferno? — indagou Thalia ao solver mais um copo de cerveja.

— Então, eu também fiquei surpreso, na época, quando seu pai chegou com aquele *Smartphone*. — Dandara riu. — E funcionou, sabe.

– Mas e aí? A dúvida é: qual a história do *"Menino Alex"*? – perguntou Sylas, rindo ao observar Alex mais vermelho que um pimentão.

Dandara observou seu amado ficar ainda mais sem jeito. Gaia se aproximou rindo e disse algo bem baixinho, apenas mexendo os lábios *"eu acho melhor não"*; a outra entendeu e apenas assentiu disfarçadamente.

– Sylas, você é muito mau – Dandara disse entre risos.

Logo, Gaia desviou o assunto, mencionando um novo jogo que havia sido lançado e que estava louca para jogar, e não demorou muito a Alex deixar de ser o centro das atenções, não precisando mais ficar com vergonha.

Thalia escutava a conversa da família, mesmo com sua mente vagando em outro lugar.

[...]

Estava anoitecendo e, como de costume, todos foram para fora da casa, para o quintal que ficava atrás, e se acomodaram em algumas cadeiras, em volta da grande mesa de jardim. Não demorou muito a se juntarem ali e, então, Sylas se levantou como fazia todos os anos.

– Então, como todos sabem, estamos mais uma vez aqui reunidos para comemorar esta data que se tornou muito importante para nós. – Tossiu. – Que foi quando todos nós nos conhecemos e nos tornamos amigos, quando nossas diferenças foram postas de lado e passamos a nos importar uns com os outros.

– Quando paramos de querer matar o amiguinho por ter feito *cagadinha* – disse Noah ao encarar Ethan com um sorriso amarelo, lembrando-se de quando mandou Sylas ao Inferno.

O outro apenas comprimiu os olhos e, em seguida, riu.

– Também. – Sylas também riu. – Esperamos que todos nós continuemos juntos pela eternidade.

E assim levantaram seus copos cheios de cerveja novamente, a "bebida dos deuses", como costumavam dizer, e seguiram em um lindo brinde.

[...]

As nuvens começaram a tomar uma coloração acinzentada, era possível escutar alguns trovões ainda mansos ecoando, como um anúncio de que algo estava por vir. Fazia bastante tempo que isto não ocorria, mas todo o exército angelical estava atento, visto que era um sinal de que o Criador estava irritado com algo.

Em uma das torres, bem afastada, na Cidade dos Céus, Rafael já havia vestido seu manto e estava organizando seu equipamento quando foi surpreendido ao escutar o bater de asas, em seguida, a porta de seu quarto foi aberta.

— Está tudo pronto? — indagou Miguel ao observar o irmão.

Rafael suspirou e apenas assentiu.

— Certo, agora temos carta branca do Criador. Você sabe o que deve fazer.

— É da Luci que estamos falando, *Joe*, nossa irmã. — Desviou o olhar. — Eu ainda fico um pouco receoso, Miguel.

— Rafael, você vai mesmo colocar tudo a perder agora? — O outro encarou, sem entender. — Nós finalmente conseguimos o reconhecimento, finalmente o Criador está nos vendo: você, eu e o Gabriel. Se também quiser, nós três seremos reconhecidos e não haverá Lúcifer para nos atrapalhar.

Rafael iria retrucar, porém foi interrompido:

— Vamos, irmão. Basta você trazê-la até mim, e eu darei um fim a tudo. — Miguel tocou seu ombro. — Como deveria ter sido, desde quando fomos criados, ela nunca deveria ter existido.

Mesmo receoso, Rafael assentiu e prometeu que retornaria o mais breve possível. Após isso, seguiu para longe dali.

Conforme caminhava entre a Cidade dos Céus, observava alguns lugares que foram palcos de momentos de risadas com seus irmãos. Como quando conseguiram, pela primeira vez, voar e, até mesmo, o local onde ficavam observando os humanos. Seu coração estava pesado, Rafael sempre foi o irmão dividido que, por muitas vezes, queria agradar a todos, mas normalmente ficava ao lado de seu irmão Miguel.

No entanto, bem no fundo, ele sabia que essa divisão nunca existiu. *Rayan* sempre ficava ao lado de *Joe,* independentemente de sua escolha.

Avistou os portões brilhantes e próximo a estes estavam os guardiões da entrada do paraíso. Rafael continuava a se aproximar quando, de repente, foi forçado a parar quando alguém puxou forte seu ombro.

– Eu não acredito que você realmente vá fazer isso.

– Eu não tenho escolha, Gabriel – respondeu quase como um sussurro.

– Não tem escolha, Rayan?! – Seu irmão riu sarcástico. – Você é mesmo o cachorrinho do Joe! Você quer jogar a Dandara na fogueira, tudo para continuar a ser bem-visto aos olhos dele. Você tem noção do que está fazendo? Você entregará a nossa irmã.

– *Gael,* ela precisa ser punida pelo que fez.

– Eu não irei tomar parte disso – rebateu. – E eu sei que sua consciência vai doer, e muito.

Logo após, Gabriel deu de ombros, seguiu para o lado oposto e sumiu entre as nuvens, deixando Rafael ali, sozinho, com sua própria mente gritando que tudo aquilo era insano.

[...]

Em troca de suas lindas asas, você irá retornar as almas gêmeas à Terra. Porém, não poderá interferir ou seu coração apodrecerá e a sua imortalidade retornará àquele que lhe cedeu parte dela.

O jogo estava disputado, eram apenas Dandara, Noah e Ethan na mesa, nove cartas, três jogadores. Bastava uma jogada correta e o vencedor levava a caixa de bombom sobre a mesa. Os olhares eram fixos, como se estivessem tentando decifrar quais eram as cartas uns dos outros.

Em um movimento rápido, Ethan apostou em seu "+2", o que fez Noah arregalar os olhos, não acreditando na audácia de seu adversário. Porém, em seguida, Lopes lançou um sorriso vitorioso ao sacar também sua carta.

– Mais dois para a Senhora Capeta. – Riu ao observar Dandara levantar uma das sobrancelhas.

Não acreditava no que via, não teria como rebater e todos o observavam atentamente. Não puderam segurar o riso ao observar o Anjo Caído comprar mais quatro cartas.

– Vish, Luci, vai ficar pra trás. – Ethan debochou ao fazer um *high five* com Noah.

Noah não demorou muito a vencer o jogo, quinto ano seguido. Quando se tratava de cartas, o mais novo era *expert*, não tinha como vencê-lo. Sua estratégia de estar sempre prestando atenção ao jogo de seus adversários, sempre o levava à vitória.

Gaia tornou a embaralhar as cartas, para que pudessem iniciar outra rodada de *UNO*. Todos voltaram a jogar conversa fora, e, enquanto isso, Dandara se afastou para ir ao banheiro.

Enquanto subia as escadas, a morena começou a sentir um incômodo em seu interior e, em seguida, um calor extremo, suava e ofegava bastante, uma sensação que nunca havia tido antes.

Ela abriu a porta do banheiro com dificuldade, retirando seu *blazer*, e jogando-o em um canto qualquer. Chegou próximo à privada e levantou a tampa, ajoelhou-se e, então, sentiu todo seu interior contrair, não demorou a começar a vomitar.

Qualquer um veria aquilo como um excesso de bebida. Porém, o líquido preto que estava saindo de si não era normal.

Dandara começou a se desesperar, seu coração parecia que ia saltar para fora da boca.

Com dificuldade, o anjo se levantou e seguiu até a porta, de onde pôde avistar Alex e Gaia, que estavam no fim do corredor, visto que a mesma estava demorando a voltar.

– Dandara, o que está ocorrendo? – indagou Alex ao correr em sua direção, acompanhado pela mais baixa.

– Você está bem? – perguntou Gaia.

Ao chegarem próximo, puderam observar que a pele dela estava pálida e suas veias foram tomadas por uma coloração escura, e não demorou muito a cair, em seus braços, desacordada.

Gaia começou a gritar desesperadamente e, ao ouvi-la, os outros vieram em sua direção e viram a cena. Dandara estava desacordada, parecia estar morta.

Com cuidado, a levaram para um dos quartos e, então, Hélio tentou entender o que estava ocorrendo, nunca havia presenciado nada disso, principalmente em seus livros. Dandara era um ser celestial, não fazia ideia do que estava acontecendo e chamar a ambulância estava fora de cogitação. O que iriam dizer? *Ei, temos um anjo passando mal aqui.*

Sylas estava apreensivo, nunca havia presenciado sua amiga naquele estado.

– Pela primeira vez na vida, eu não sei bem o que fazer – mencionou Hélio, que estava sem rumo. – Eu preciso ir para casa, verificar algumas coisas, o que pode estar acontecendo com ela.

A esta altura, Ethan já estava aos prantos, tentando entender o que estava acontecendo com sua melhor amiga e irmã, jurando aos sete ventos que quem quer que fosse que tivesse feito isso, ele deixaria em pedacinhos.

– Noah, venha comigo – pediu Hélio.

Sylas iria se pronunciar, porém foi interrompido.

– Fique aqui, Sylas, para ajudar o resto a se manter de pé, caso ocorra alguma coisa.

– Tomem cuidado – pediu.

– Não se preocupe, meu amor, logo voltaremos.

– Eu trarei o máximo de livros que puder e verei o que devo fazer.

— Tudo bem — Sylas concordou. — Vou com vocês até a porta.

Não demorou muito aos três descerem; antes disso, Guo pediu à filha que ficasse vigiando os outros, que estavam bem nervosos. A mesma assentiu e os outros seguiram para o andar debaixo.

Ao chegarem próximo à porta de saída, esta foi aberta com força, revelando um rapaz de cabelos pretos, envolvido por um manto claro, e Sylas poderia reconhecer de longe.

Era um anjo.

Guo se manteve em alerta, puxando Noah para ficar atrás de si, e Hélio deixou as mãos serem envolvidas por sua magia, seus olhos mudaram para coloração amarela. Durante os últimos cinco anos, depois do acontecido com o *Bellator* e as possíveis criaturas que existiam por ali, ele se aprimorou para se tornar mais forte.

O moreno não parecia se importar, mantinha seu olhar de desdém, apenas os encarava como se fossem qualquer coisa em seu caminho.

— Estou aqui pela minha irmã, Lúcifer — disse firme. — Irei levá-la de volta.

— Lúcifer nunca gostou de seus irmãos, você não vai levá-la a lugar algum — respondeu Sylas.

— Não vou? — Riu alto. — Não é como se você fosse me impedir. — Deu um passo em direção a Sylas.

— Você não tem forças para medir com um ser celestial, demônio.

— Mas *eu* tenho, Rayan.

Ao escutar aquela voz, todos olharam em direção ao som. Na porta de entrada, estava aquele que podia medir forças com qualquer classe angelical, o único capaz de destruir qualquer anjo que cruzasse seu caminho. E para má sorte de Rayan, ele estava ali no momento errado e na hora errada.

— Quanto tempo, Nathan! — disse, com um sorriso debochado, ao virar-se em sua direção.

Ou talvez no momento certo.

DEMÔNIO, BRUXO, BELLATOR E UM PROJETO DE ANJO

O outro estava ali, parado, sua aparência havia mudado com os anos que passaram. Seus cabelos, que antes eram mais curtos, agora estavam um pouco abaixo dos ombros, presos em um coque, e algumas linhas de expressão podiam ser vistas em seu rosto. Seu corpo também havia mudado, era um homem adulto e não mais o jovem adolescente de cinco anos atrás.

O mesmo sentia que este dia chegaria. O dia em que teria que, novamente, assumir o Nathan guerreiro e voltar para as pessoas que lhe importavam. No entanto, acreditava que não seria tão cedo.

Sylas estava surpreso. Como seu filho chegou tão rápido? Como sabia que precisavam de sua ajuda?

– Nathan, o que está fazendo aqui?

O *Bellator* explicou que sentiu que o outro precisava de sua ajuda. De fato, não foi apenas um sentimento e, sim, uma certeza. Após travar a batalha com seu pai, Nathan decidiu que precisava se entender, entender o que era e qual era o propósito de sua criação. Além de que, seu pai disse-lhe no dia em que se encontraram pela primeira vez.

As memórias ainda eram frescas para si, ainda se lembrava de quando seu avião embarcou no novo país, considerado, por muitos, solo sagrado. *Desembarque – Jerusalém* era o que vinha informando a placa que ficava no fim do corredor ao sair da aeronave. O moreno deu mais alguns passos ao chegar à segurança do aeroporto que verificava as documentações de cada passageiro, antes de lhe permitir que buscasse as malas. Ao se aproximar, um dos guardas solicitou seu passaporte, confirmou seu nome *"Nathan Guo"*, e outro apenas assentiu. Havia adotado o nome de seu pai para que pudesse viver na Terra.

E, assim, sua entrada foi permitida em Jerusalém, onde o moreno viveu os últimos cinco anos, buscando informações sobre si e sobre todos os outros nas histórias sagradas, chegando a uma profecia bem antiga que havia sido registrada em um livro que foi encontrado no século em que seu pai, Sylas Guo, foi invocado por Noah.

Em troca de suas lindas asas, você irá retornar as almas gêmeas à Terra. Porém, não poderá interferir ou seu coração apodrecerá e a sua imortalidade retornará àquele que lhe cedeu parte dela.

De início, não compreendeu muito bem, então precisou cair no mundo para buscar informações a respeito, o que levou Nathan àquela casa novamente, no momento certo e na hora certa. *Talvez não para Rayan.*

— Eu pensei que criaturas asquerosas ficavam no Purgatório. — O anjo girou os calcanhares.

— Então, você seria bem-vindo lá. — Seu sorriso era debochado enquanto cruzava os braços.

— Os outros podem ter medo de você, Nathan, mas eu não tenho.

— Se continuar por aqui, vou lhe dar um bom motivo para começar a sentir também. — O moreno piscou os olhos por alguns momentos, e foi engolido pelas sombras. Estavam completamente pretos.

Rayan deu de ombros, voltando seu olhar para Sylas, Noah e Hélio.

— Eu estou aqui para levar Lúcifer ao Céu, o lugar a que pertence, e não irei sair daqui sem ela.

Hélio estava alerta, preparado para o que fosse acontecer. Sylas pôs-se a postos, deixando os olhos serem tomados pela escuridão que o seu pecado o condenou e, então, suas garras ficaram expostas. Por cima dos ombros, o demônio sussurrou algumas palavras para seu marido.

— Meu amor, peço que me escute com atenção, suba e não deixe que nada chegue perto daquele quarto — disse. — Vamos segurá-lo o máximo possível aqui, leve todos ao local distante, seguiremos para lá em breve.

Noah assentiu enquanto os olhava assustado.

— Não tenha medo, ok? — Guo disse com confiança. — Logo, estaremos com vocês.

— Lembre-se do que temos treinado, Noah — disse Hélio. — A magia irá lhe proteger.

Assim, Lopes girou os calcanhares e, então, correu em direção à escada. Rayan, ao perceber a movimentação do outro, não o deixaria fugir tão facilmente e correu em sua direção para impedi-lo, mas foi forçado a parar. Seus pés pareciam não querer obedecer.

— *Adprehendimus!* — (Seja preso!)

O anjo olhou para o dono daquela voz e pôde perceber que a magia que emanava das mãos de Hélio era como corrente em volta dos pés, que não o deixava se mexer. Porém, tudo que Rayan pôde fazer foi gargalhar.

— Você acha mesmo que essa magia é capaz de me aprisionar?

O celestial apenas colocou suas mãos sobre a corrente mágica, puxou-a e fez a mesma se despedaçar. Em um movimento rápido, o anjo correu em direção ao Hélio, desferindo-lhe socos, mas o mago utilizava seus poderes para se esquivar. Com o tempo, os movimentos foram ficando mais rápidos, até que o bruxo foi acertado de surpresa em seu maxilar. Rayan o encarava com um sorriso nos lábios.

Sylas aproveitou sua distração e sacou as adagas infernais que escondia atrás da estante de sua sala; ele havia jurado a Noah que tinha se livrado das armas, porém nunca conseguiu. Além de serem lembranças de sua antiga vida, precisava das mesmas, caso algo viesse acontecer. Como naquele momento.

O demônio correu em direção a Rayan e pulou em suas costas, em seguida, cravou as adagas no abdômen dele, que gritou. Sabia que armas infernais eram um dos pontos fracos dos anjos, algo pecaminoso entrando em contato com uma pele completamente pura.

Pelos deuses, a dor era insuportável.

Rafael olhou para Sylas por cima dos ombros e, em um movimento rápido, usou seu cotovelo para lhe aplicar um golpe na altura de seu estômago, forçando o Guo a soltá-lo e cair sobre o sofá. Em seguida, o anjo puxou as adagas que estavam cravadas em seu abdômen, manchando suas vestes. Com uma dor insuportável, aos poucos, as feridas foram se fechando, e o anjo o encarava com um ódio gigante, estava pronto para matá-lo ali mesmo.

— Vou fazer um favor à Terra e acabar com você de uma vez por todas.

Rayan deixou seus olhos serem dominados pela luz e suas asas apareceram lindas e acinzentadas. Hélio, ao olhá-lo emanar tanta energia, sabia o que poderia acontecer, caso o mesmo tocasse em Sylas. Sua alma queimaria, deixando de existir para sempre. O bruxo proferiu algumas palavras, forçando o sofá a se mover para o outro lado do cômodo.

— Vocês estão me fazendo perder tempo! — bradou irritado. — Eu irei voltar com Dandara para o Céu, nem que eu precise montar um castelo de corpos, com os cadáveres de vocês.

O anjo tentou seguir novamente em direção a Sylas, porém foi impedido por Nathan, que se colocou à sua frente.

— Sabe, Rayan... — disse. — De fato, você irá retornar aos Céus e, possivelmente, sem uma de suas asas. E vai avisar ao seu chefe que apenas uma puta não é o suficiente para tirar Dandara daqui.

O outro o encarou incrédulo, assim como seu pai e Hélio. Nathan estava brincando com o perigo.

— Você sabe que se eu o tocar, você morre. — Rafael o encarava ainda com seus olhos tomados pela luz.

– Tenta.

Dito isso, Rayan abriu um sorriso e, antes que os outros dois na sala pudessem se movimentar para tentar impedir, o celestial levou suas mãos ao pescoço do outro com a intenção de estrangulá-lo, mas seu semblante ficou confuso ao realizar a ação.

Nada aconteceu.

– Rayan, eu sugiro que, quando você for enfrentar alguém, primeiro descubra as fraquezas de seu inimigo.

– Eu não entendo... – o anjo disse.

– *Bellator* é o que eu sou e não tenho alma, portanto você não tem poder sobre mim, assim como qualquer um daquela porra daquele bordel celestial, em que você vive – Nathan revelou. – Além, claro, do amuleto de proteção que meu pai me entregou, mesmo que eu não precise.

O moreno puxou o colar que carregava no pescoço, mostrando o amuleto que havia sido entregue a Sylas por Hélio, e este passou para Nathan. O rapaz o jogou novamente para seu pai.

– Lúcifer foi fraca em te manter vivo.

Dito isso, Nathan girou seus braços contra os dele com força, forçando Rayan a soltá-lo e dar alguns passos para trás. Em seguida, desferiu socos em seu rosto, forçando o anjo a esbarrar nos móveis da sala. Por fim, o último soco fez com que caísse próximo a Sylas, que não hesitou em socá-lo também, fazendo com que o anjo caísse de joelhos. Hélio, ao aproveitar a posição do outro, deixou sua magia tomar conta de suas mãos novamente e tocou o chão, conjurando um novo feitiço, aprisionando o celestial para que o mesmo não pudesse se mexer.

– Agora, Rayan, que tal você sentir a mesma dor que Lúcifer sentiu quando seu Pai o condenou a viver no Inferno, deixando suas asas inúteis e fracas? – perguntou Nathan.

– O que você...

Foi interrompido ao sentir as mãos do outro em sua asa esquerda.

Sem qualquer cerimônia, Nathan puxou, com força, forçando algumas penas a se soltarem e, até mesmo, uma parte do corpo do outro se deslocar, que o fez gritar com uma dor insuportável, mais do que as adagas que Sylas havia cravado em si.

– Rayan, agora que você será obrigado a... – Sorriu sinistro – retornar, a pé, ao Céu, mande um recado ao seu exército, que vai precisar de centenas para encostar um dedo neles.

Dito isso, o moreno iria desferir mais um golpe no anjo, porém este reuniu o pouco de forças que sobrou e deixou as luzes o engolirem, ignorando o feitiço de Hélio e levando-o para longe dali.

Os três respiraram cansados e preocupados.

Não era como se o anjo não fosse retornar com um exército maior e até mesmo pronto para atacar sua fraqueza, mesmo que Nathan ainda não tivesse descoberto nenhuma.

Sylas preocupava-se com todos, até mesmo com seu marido, daria a vida por ele sem pensar duas vezes, além de sua filha também. O que iriam fazer, se Rayan realmente cumprisse com a sugestão de Nathan?

Hélio estava perdido, seus poderes não seriam suficientes para proteger todos naquela guerra, que não estava longe de começar.

Sem Dandara, seria difícil, precisavam trazê-la de volta o mais rápido possível.

[...]

Estavam sem forças para usar seus poderes, completamente machucados. Por isso, Nathan sugeriu que fossem a pé mesmo, até o local combinado, para que não piorasse a situação de seu pai e Hélio.

Sylas, já em sua forma humana, caminhava entre as árvores, seguido pelos outros.

– Sylas, desde quando você pode se tornar demônio quando quer?

– Pois é, foi novo para mim também. – Sorriu fraco. – Mas, desde que lutamos, a minha forma demoníaca nunca mais foi embora. Tinha dias que eu acordava pela manhã naquela forma.

Nathan arregalou os olhos, espantado.

– Com muitos estudos... – completou Hélio. – Conseguimos encontrar uma forma de ele controlar esse lado e, então, assumi-lo quando precisar.

– Isso é bom – disse Nathan. – Vamos precisar disso, eles irão retornar.

Após algum tempo caminhando, os três avistaram uma pequena cabana afastada entre as árvores, local combinado pelo casal, que seria utilizado em casos emergenciais, visto que Guo sempre ponderava que alguém poderia vir até si, buscando vingança por algo que pudesse ter feito em sua vida passada, então não podia arriscar.

Ao abrir a porta do local, foi recebido por seu marido, que o abraçou forte e, em seguida, tomou seus lábios em um beijo calmo: Noah pediu passagem, que foi concedida por Sylas, e quando suas línguas se tocaram, puderam se sentir inteiramente ali, e o medo de um perder o outro não tinha espaço naquele momento. Com o tempo, o casal se separou em busca de ar.

Hélio entrou no local, seguindo para o seu marido, que o olhava apreensivo e com o rosto bastante inchado, sussurrando, ao abraçá-lo, o quanto teve medo de que o loiro não retornasse.

Já Nathan recebeu os olhares de todos que estavam ali, que pareciam não acreditar no que viam, inclusive Thalia, que estava estática. O coração do jovem bateu mais forte, como há cinco anos. Ansiava por esse momento, em que encontraria novamente com ela. Abriu um largo sorriso ao vê-la caminhar em sua direção, sabia que se sentiria em casa quando passasse seus braços em volta dela, como quando se abraçavam no ensino médio.

Porém, foi bem diferente do que imaginava ao sentir a palma da outra contra seu rosto bem forte, fazendo com que todos ao redor ficassem sem entender, assim como o *Bellator*.

RECORDAR NEM SEMPRE É VIVER

Sua cabeça ainda doía e podia sentir, também, suas entranhas queimando, devido às contusões que havia tido há algum tempo. Com dificuldade, abriu os olhos, tentando assimilar tudo que estava acontecendo. Dandara forçou seu corpo com dificuldade, para que ficasse sentada e pudesse entender. Mais uma pontada, e ela apenas suspirou.

— Droga de cerveja.

Depois de recuperar a visão, observou que não estava dentro da casa, que era sua última lembrança antes de tudo ficar escuro. Estava cercada de altas árvores e, ao colocar uma de suas mãos no chão, sentiu a fria grama entre os dedos. Também não estava na floresta de Vila Girassol.

A outra ainda estava confusa com tudo que estava ocorrendo, então, com dificuldade, se colocou de pé e começou a caminhar entre a floresta misteriosa em que se encontrava. E o pensamento que mais rondava a sua mente era: *fodeu.*

— O que você fez, Dandara? — indagou sozinha.

Enquanto caminhava, pensava no que poderia ter levado tudo aquilo a acontecer. Será que Ethan havia finalmente conseguido drogá-la para pregar-lhe uma peça? Bufou irritada. Já perdeu a conta de quantas vezes o amigo havia tentado esta ideia estúpida que nunca dava certo, por razões óbvias. Ela era um Anjo, um Anjo Caído.

No entanto, teria ele finalmente conseguido algo forte o suficiente?

Ela estava tão perdida em pensamentos que sequer percebeu que havia andado o suficiente para chegar próximo a um rio; somente notou quando a grama começou a ficar levemente úmida e seus pés descalços sentiram a diferença. Dandara se debruçou ali e se espantou com seu reflexo. Estava tão distraída que não havia notado que suas vestes estavam diferentes, brancas como a luz que um dia pertenceu à sua alma.

Seu corpo estava envolvido em um manto branco que costumava utilizar em sua juventude.

Sua pulsação começou a se descontrolar, o terror em sua face já podia ser facilmente visto. O anjo deu um passo para trás, levando a mão ao rosto, não acreditando no que estava ocorrendo.

– Ah! – choramingou quando sentiu outra pontada em sua cabeça. A dor para si era algo fora do comum, visto que, em toda a sua vida, poucas vezes teve o desprazer de sentir algum incômodo.

Depois de olhar melhor, pôde ver uma pequena cabana à sua frente, próximo ao rio. Em uma tentativa de desespero, começou a dar passos rápidos até o pequeno local. Abriu a porta, sem qualquer cerimônia, chegando a um cômodo com poucos móveis, parecido com uma sala de estar.

Suas narinas foram impregnadas com o cheiro agradável que vinha de outro cômodo da pequena cabana, o que a relaxou um pouco. Uma deliciosa refeição estava sendo preparada.

– Quem está aí? – indagou, já em alerta.

De repente, uma silhueta feminina apareceu no acesso que dava ao outro cômodo.

– Você está na minha casa, não deveria ser eu a estar perguntando isso?

– Ah... – murmurou.

Era uma mulher um pouco idosa, apoiada em uma bengala, que parecia ter sido improvisada, com um galho de árvore antigo.

— Perdão. — A morena desviou o olhar.

— Tudo bem, Lúcifer. — Ela sorriu enquanto voltou a andar com dificuldade até uma poltrona que havia ali perto.

O anjo a observou, deixando transparecer surpresa em sua face.

— O quê? Prefere que eu a chame de Dandara? Ou Nyota?

— Como você sabe meu nome?

— Eu tenho esperado por você há algum tempo. — Apontou para o sofá na sua frente, para que se acomodasse.

A mais alta seguiu para o indicado e sentou-se, olhando com curiosidade para a senhora. Ao reparar melhor, viu que a mesma carregava consigo alguns amuletos e seus cabelos eram brancos como a neve.

— Você é a primogênita dos arcanjos, o anjo de luz, eu sabia que esse dia iria chegar.

Dandara ainda estava confusa, o que diabos aquela mulher estava dizendo?

— Quem é você? — perguntou novamente.

— Eu sou uma Anciã, um Oráculo.

Oráculos eram conhecidos por serem criaturas amaldiçoadas do Purgatório, que haviam surgido quando o primeiro de todos ousou roubar um livro muito precioso que estava nas profundezas daquele local, que revelava o destino de qualquer criatura existente. Após ousar ler o que havia ali, foi condenado e seus descendentes também ao ver o destino de qualquer pessoa com quem conversassem.

— Vejo que você está confusa, Dandara.

— Para falar a verdade... — Tossiu limpando a garganta. — Eu não faço ideia de como cheguei aqui.

— Este lugar... — Deu uma breve suspirada. — Não tem nome, não é um local específico.

— Você sabe dizer como vim parar aqui?

— Você está morrendo, por isso está aqui. — Ela se acomodou em sua poltrona, o semblante sério. — Sua alma ficará aqui até que você dê seu último suspiro.

Morrendo? Essa era uma palavra que não poderia existir em seu vocabulário, morrer estava fora de cogitação para ela. Como a própria senhora havia dito, Dandara era uma criatura celestial, não poderia morrer por causa de uma... cerveja estragada? Tentou forçar a sua mente, tentando se lembrar de como começou a passar mal e vomitar, como desmaiou e, em seguida, acordou ali.

Como poderia estar morrendo?

[...]

Noah puxou Sylas para o corredor que dava acesso a outros cômodos da cabana, apreensivo, e segurou, então, o rosto de seu amado, verificando se havia qualquer vestígio de dano em Guo.

— Eu estou bem, amor. — Deu um breve sorriso e apontou para si. — Você sabe que esse vaso ruim aqui é difícil de quebrar.

— Eu fiquei com tanto medo... — Abraçou-o forte.

— Eu voltaria, mesmo sem algum membro, eu voltaria para você e Thalia. — O meio humano segurou seu rosto com cuidado quando se afastaram. — Eu não podia deixar o *meu mestre*. — Sylas não pôde deixar de sorrir ao dizer aquilo em um tom brincalhão, o que fez Noah corar levemente. Seu marido sabia que, quando mencionava algo sobre sua vida passada com o mais novo, o mesmo sempre ficava envergonhado em algum momento.

— Bobo. — Deu-lhe um selinho. — Eu vou ver Thalia agora, deve estar abalada ainda. Eu não contei sobre Nathan para ela, devido a toda correria, foi um choque.

— Eu imagino, vou deixar você cuidar disso e vejo se ele está bem. — Beijou a testa de seu amado. — Dandara teve algum progresso?

— Nada ainda... — O mais novo desviou o olhar triste. — Ela só fica delirando e, vez ou outra, aperta forte o punho, porém sequer abriu os olhos ou reagiu a qualquer coisa. Gaia e Alex não a abandonaram em nenhum segundo.

— Eu entendo, vou vê-la e depois falo com Nathan.

— Certo, eu vou cuidar de Thalia agora.

[...]

Próximo ao quarto em que Dandara estava, o moreno descansava sua cabeça no ombro de seu amado enquanto as mãos do loiro estavam em volta de sua cintura. Um breve suspiro e o Príncipe da Luxúria fungou. Estava confuso, nervoso, com sentimentos misturados e até mesmo amedrontadores, que pensou jamais sentir novamente. De repente, um beijo em sua bochecha, e os lábios calorosos e tranquilizantes que sempre o faziam se esquecer de tudo, até mesmo de seus medos.

— Vai ficar tudo bem, Ethan. — O loiro murmurou. — Já enfrentamos coisas piores, vamos sair dessa.

— Você promete, Hélio? — Inclinou-se um pouco, até os narizes tocarem.

— Eu prometo. — Sorriu.

Tomou os lábios do demônio com um beijo caloroso. Sabia que em outro momento ou até mesmo em outra época, caso seus amigos os pegassem sendo românticos, iriam ser atormentados pelo resto da vida. Hélio nunca foi do estilo *"eu te amo"* ou "não consigo viver sem você", sempre um cara reservado e que não comentava sobre seus relacionamentos ou de quem gostava. Até que Ethan apareceu, totalmente oposto do "par ideal" que havia criado em sua mente, durante sua juventude, em seu quarto, ouvindo *Panic! At The Disco*.

Apenas pensava em alguém que tivesse os mesmos gostos que ele e se vestisse igual, talvez. Porém, quando Ethan apareceu em sua frente, com as roupas apertadas e pronto para matar Lopes por ter trazido seu melhor amigo à Terra, sentiu algo. Sentiu aquelas borboletas irritantes e seu interior se contrair, como quando você precisa alcançar a nota máxima em uma prova, mas não estudou o suficiente. Era sempre assim que Hélio classificava aquele momento.

Ele era calmo; Ethan, explosivo. Ele agia com sua mente; o Príncipe, com as emoções. Ele, por muitas vezes, foi tímido; o outro sempre o levava à loucura. Ele jamais poderia ter se arrependido de não abandonar sua vida na Terra, vivendo durante todos esses milênios, ao lado de Ethan, usando seus poderes.

A pedido de Ethan.

Quando se separaram em busca de ar, Hélio ficou observando-o por um momento, acariciando sua bochecha.

— Eu ainda tenho medo... — O demônio olhou em direção ao quarto de Dandara, a porta estava semiaberta, pôde ver Alex e Gaia ao seu lado, segurando sua mão. — Como ela deve estar agora? Como vamos salvá-la?

— Eu ainda não sei. — Suspirou cansado. — Precisarei estudar algumas coisas.

Duarte desviou o olhar, pensando em algo que pudesse talvez ajudar, mas sabia que era um assunto delicado para Ethan.

— Eu só quero ver o meu amigo bem, quero que saia e mate seus irmãos.

— Ethan... — o outro disse baixo, capturando sua atenção. — Talvez seja necessário que você me diga algumas coisas sobre *aquele assunto*.

Ethan arregalou os olhos, já estava protelando isso há milênios, talvez? Sempre que chegavam a esse momento, o luxurioso desviava a conversa, mesmo sabendo que, mais cedo ou mais tarde, precisaria contar tudo, precisaria abrir o jogo.

— Eu... — murmurou. — O meu passado não é algo do qual eu me orgulhe.

Hélio, vendo seu desconforto, apenas assentiu com um sorriso calmo.

— Eu entendo. — Beijou o topo de sua testa. — Eu só peço que reconsidere, pois pode haver algo no seu passado que possa nos ajudar a trazer Dandara de volta.

— Não sei, Hélio. — Hesitou. — Eu decidi enterrar meu passado quando resolvemos ficar juntos. Lembrar-me da minha vida humana não me faz muito bem.

O bruxo ficou surpreso. *Vida humana?* Jamais havia pensado que Ethan, um dia, tivesse sido um humano.

— Tudo bem, mas pense nisso — disse. — A vida dela está em jogo.

Após se despedir, Hélio deixou Ethan pensativo, observando seu amigo de longe enquanto pensava no que fazer.

[...]

O moreno ficou perplexo, apenas sentindo a ardência em sua bochecha. Se fosse qualquer outra pessoa, com um movimento rápido, esse ser ousado já estaria no chão, sem qualquer sinal vital ou talvez nem tivesse tempo de cair.

Nathan ficou sem entender quando a encarou fixamente, os olhos marejados pareciam não ter o mesmo brilho de antes.

Observou a morena girar os calcanhares e sair da cabana, sem dizer qualquer palavra. Os outros ali apenas tentaram disfarçar, olhando para qualquer outro ponto.

O *Bellator* se virou para seguir para fora do local e encontrou a garota encostada em um canto da varanda, olhando o horizonte de árvores na sua frente. Nathan se aproximou com cuidado, dando passos lentos, observando a silhueta da mais baixa, que cresceu, não era mais aquela adolescente que havia conhecido, seus traços mais maduros eram bem-desenhados, seus cabelos, agora na cintura e mais cacheados que antes, eram o destaque de sua aparência. Quanto tempo passou? Ela só conseguiu ficar ainda mais linda.

— Se você der mais um passo, eu juro que mato você. — A voz era ameaçadora, mas Nathan sabia que não importava o quanto ela batesse nele, não doía, não fisicamente.

Ele apenas parou.

— Você esperava o quê? Idiota! — A voz alta. — Iria aparecer aqui, e eu o receberia de braços abertos depois de todo esse tempo?

— Eu não...

— Você não tinha o direito, Nathan! — Ela virou, e o rosto estava inchado e as lágrimas ainda desciam descontroladas. — Você me deixou sem sequer se despedir, sem sequer dizer o porquê de ter que ir. Você mentiu para mim! Sabe como foi um inferno sem você? Tudo que tive que passar sozinha?

Aquele sentimento, aquele aperto no coração, Nathan nunca havia lidado com isso antes e vê-la derramar lágrimas de tristeza por sua culpa o deixou perplexo, sem saber o que fazer.

— Eu precisei descobrir tantas coisas. Você jurou que estaria comigo, que me guiaria na escuridão que você já conhecia tão bem. — Ela tremia, devido ao nervosismo e tristeza, encarando o chão. — Mas você não esteve lá, Nathan. Nunca esteve. Eu sempre olhava para o lado, esperando que você fosse surgir para me ajudar, para me salvar, mas você nunca apareceu.

Um nó na garganta. Ele deu mais um passo em sua direção, queria abraçá-la, queria pedir desculpas por tudo que fez, queria dizer que suas promessas não foram vazias e que sempre estaria ao seu lado dali por diante. Mas sabia que ela não acreditaria.

Aquele som e seus soluços eram como lâminas acertando cada parte de Nathan, e ele não queria mais sentir aquela dor.

Quando estava prestes a abraçá-la, sentiu uma mão tocar seu ombro.

— É melhor deixá-la um pouco, Nathan.

O mais novo suspirou cansado e virou-se após ouvir o conselho. Noah sempre lhe dizia o certo e talvez precisasse deixá-la digerir tudo o que estava acontecendo.

— Eu falo com ela, prometo. — Sentiu um carinho em seu ombro.

O moreno apenas assentiu, e com o rosto sem qualquer emoção, afastou-se, deixando os dois conversarem. Decidiu seguir em direção à floresta, precisava aliviar um pouco tudo que estava sentindo.

[...]

Em uma floresta em outro plano, Dandara estava confusa com tudo que havia escutado. Como poderia estar morrendo? O que fez para chegar até ali?

Por mais que se esforçasse, o Anjo Caído não conseguia se lembrar.

Após alguns minutos, a anciã retornou com uma bandeja de madeira nas mãos, que continha uma xícara de porcelana com um líquido escurecido, parecia uma espécie de chá. Colocou a bandeja na mesinha de centro, em frente a Nyota.

– Este é um chá antigo, que os meus ancestrais usavam para se lembrar das memórias mais profundas na mente, até aquelas que você tem quando nasce. – Ela a encarou atentamente. – Isso pode te ajudar a ter lembranças e, talvez, saber o que te trouxe até aqui e se há alguma forma de reverter.

– Você... – Mordeu o lábio de nervoso. – Não pode apenas me dizer? Já que é um Oráculo, o que pode acontecer quando eu beber?

– Não posso, porque você provavelmente não vai querer tomar.

Aquelas palavras rondaram a sua mente. Dandara encarou o líquido envolvido em uma xícara bem clara, perguntando-se se realmente seria uma boa ideia se lembrar de tudo com clareza.

JARDIM DO ÉDEN

A dor por apanhar de um ser demoníaco poderia ser insuportável, visto que um celestial é puro até o seu último fio de cabelo.

Bom, pelo menos, deveria ser.

Amaldiçoava todos que estavam naquela luta contra si, especialmente Nathan, que era o motivo de agora andar mancando, até o portal mais próximo do local que o levaria de volta. Cuspiu. Rayan apenas pensava em como iria se vingar, como iria torturá-lo de diversas maneiras, por ter danificado suas asas. Ele pagaria muito caro pelo que havia feito consigo.

Caminhou um pouco mais pelas ruas, que já estavam sendo agraciadas pelo escurecer da noite. Chegou próximo a um templo que ficava por ali, templos sagrados eram portais para os Céus, que somente um ser celestial poderia utilizar. Segurou firmemente seu braço machucado enquanto mancava até a parte de trás do local, então se aproximou de uma estátua que havia por ali, a estátua de Gabriel, o guardião do Jardim do Éden e seu irmão. Ajoelhou-se, ficando um pouco abaixo dos pés e leu a escrita escondida:

– *Custodi nos.* – (Guardai-nos.)

Rayan foi envolvido por uma forte luz que, ao entrar em contato com sua pele, parecia queimá-la e, em segundos, estava nos portões do Céu. Era algo extremamente desconfortável, por isso os anjos evitavam ao máximo utilizar esse recurso.

Mancando, o arcanjo voltava a caminhar enquanto alguns anjos o encaravam, surpresos, sem entender o que o mesmo havia feito para estar tão machucado, sangrando e com hematomas.

[...]

Sorveu o líquido quente, sentindo-o rasgar a garganta.

– Ah! – gemeu ao fazer uma careta.

A anciã fixava o olhar vago na Rainha do Inferno, sem esboçar qualquer emoção, o que incomodava Dandara. Esta encarou novamente a xícara e, após alguns minutos, começou a sentir seu interior queimar e, então, seus olhos brilharam com uma coloração clara, sendo consumidos, em seguida, pelo vermelho.

Abriu os olhos devagar e olhou em volta, tentando reconhecer onde estava. Dandara estava de pé, em um lugar totalmente claro, branco e que parecia não ter saída. Sua roupagem era diferente, estava envolvida em um manto escurecido, um cinza diferente, e suas asas brancas estavam à vista. Lúcifer passou as mãos de leve nas mesmas, ainda olhando perplexa e sem entender. Tentou chamar alguém, gritou desesperada, visto que aquele lugar estava deixando-a nervosa. Mas não havia nenhum som por perto, nem ninguém.

Depois de alguns minutos tentando se recompor, decidiu começar a caminhar. Após um longo tempo, começou a enxergar uma porta bem distante, como se estivesse em um corredor. A arcanjo tentou abrir suas asas, porém o local parecia apertado agora, então começou a correr. Vez ou outra, tropeçava no próprio manto, mas conseguiu chegar à porta e agarrou a maçaneta rapidamente, abrindo-a. Jogou-se, caindo desajeitada do outro lado.

– Ele já sabe do ocorrido – disse com preocupação.

Dandara piscou algumas vezes ao ouvir aquilo, e seu olhar, aos poucos, foi se levantando. Em sua frente, havia uma cadeira que estava ocupada por alguém que tinha belas asas como as suas. Ao ficar ereta, Dandara se deu conta de onde estava.

— Rafael, você precisa verificar como se encontram os soldados celestiais. — Ela suspirou, reconheceria a voz de Miguel a quilômetros. — Não sabemos quais serão os passos que Ele tomará, o que Ele deseja fazer.

— Miguel, Ele ainda não designou as nossas tarefas, que lugar iremos tomar — Gabriel se pronunciou.

— Sim — concordou Rafael.

Dandara estava perplexa, olhando em volta do local, deu alguns passos e reconheceu onde estava, na sala dos Arcanjos, no Céu. Seus irmãos estavam em sua frente, todos bem jovens, não fazia muito tempo que haviam sido criados.

— As coisas deram errado no Éden, disso já sabemos, porém não podemos tomar qualquer atitude sem a permissão Dele.

Os outros assentiram ao escutarem Lúcifer, que levou a mão até o próprio queixo.

Dandara olhou para si própria, tão jovem e nem esperava o que iria enfrentar. Seu olhar foi até Miguel, que torceu o lábio. Nyota sabia que ele odiava quando seus irmãos lhe davam ouvidos.

— Você me dá nojo — disse ela, em sinal de negação, sabia que o outro não podia ver ou ouvir.

Lúcifer se deu conta de que estava vagando em suas lembranças. De fato, precisava rapidamente achar o que poderia ajudá-la. Então, seguiu para a saída daquela sala e, ao abri-la, ficou paralisada ao ver aquela cena. Os quatro arcanjos curvados, reunidos em frente ao trono do Criador e os outros anjos, em volta, olhando atentos.

Caminhou um pouco mais, ficando próximo aos outros, sabia o que iria ocorrer ali.

— Rafael seguirá responsável pelo treinamento de nossos soldados; Gabriel será o arcanjo mensageiro e cuidará também de nossa biblioteca, que guarda os mais profundos segredos do universo — a voz do Criador ecoava pelo local.

– Miguel seguirá como o general do exército celestial e organizará as táticas de guerra.

Dandara pôde observar um sorriso vitorioso nos lábios de Miguel, era aquilo que ele sempre quis, sabia que ser o general era, praticamente, a ocupação mais importante dos arcanjos. Quando seu olhar virou para seu eu mais jovem, que parecia tão esperançoso por ser o mais devoto, sentiu um aperto em seu velho coração.

– Lúcifer, com esse caos que o Éden se tornou e a expulsão de Adão e Eva, foi decidido que você será o guardião do local de tormento, o Inferno. Este lugar de tormento eterno será para onde os descendentes desses humanos serão enviados.

Dandara sorriu triste, enquanto via aquele olhar esperançoso em sua versão jovem de cachos loiros morrer, dando espaço a diversas dúvidas.

O Criador levantou-se, então, de seu trono, fazendo menção de sair dali.

– Por que deveria eu ser designado para esta tarefa? – Lúcifer levantou-se. – Torturar almas?

Ele girou os calcanhares, voltando seu olhar para o arcanjo.

– Porque você é criação minha e não foi feito para questionar o que digo, somente para obedecer.

A loira deu um passo à frente.

– É mesmo? – Dandara não pôde deixar de sorrir, lembrava-se muito do que sentiu naquela hora. – Eles também são, Adão e Eva. Por que você não os recria?

O Criador estava sério, por ter Lúcifer ali o questionando e o enfrentando. Como poderia aquela fedelha, que era como poeira embaixo de suas unhas, falar daquele jeito?

Os outros arcanjos observavam tudo sem dizer nada.

– Porque não é necessário, eles têm que seguir o curso, o destino, assim como você.

Lúcifer, então, olhou em volta, encarando os outros anjos, encarando seus irmãos, e todos apenas o olhavam, sem dizer nada.

— Se eles desobedeceram, por que você não recomeçou? — Ela encarou o Criador. — Você só não quer admitir que errou, que deu errado a sua criação, é bem mais fácil agora me jogar para corrigir o seu erro.

— Lúcifer, eu não quero saber o que você pensa, eu não te criei para questionar! — Sua voz soou como um estrondo. Deus cerrou os punhos e sua mão foi envolvida por uma luz forte. O Criador jogou a mesma na direção do arcanjo que se defendeu com seus antebraços.

O semblante de Lúcifer era de raiva, ódio e seus olhos, que antes brilhavam em uma tonalidade clara, foram devorados pelo vermelho que estava tomando sua aura e deixando exposto o que estava sentindo.

Todos a encaravam com os olhos arregalados, inclusive o Criador.

— Parece que você não errou somente na criação de seus humanos, Pai.

— Suma daqui! — bradou Deus. — E siga para onde te ordenei.

Lúcifer girou os calcanhares, saindo do local e deixando seus irmãos juntos de seu Pai. Seguiu seu antigo eu e atravessou a mesma porta, parecia ter entrado em outra lembrança. Reconhecia bem aquele lugar, tudo estava com uma tonalidade escura, mas não deixava de exalar o vermelho ao redor, que deixava nítido o ambiente raivoso.

Algumas estátuas pareciam criadas durante um surto de raiva. Olhou para o chão por um instante, seus pés tocavam o grande caminho que percorreria para chegar até seu antigo trono que, nos dias de hoje, era onde estava o seu castelo. Ao se aproximar, Nyota pôde se enxergar: a Lúcifer de milênios atrás sentada em seu trono, totalmente dominada pelo orgulho e rancor. Ódio por seu pai, ódio por seus irmãos, ódio pela injustiça e pelos humanos que Deus julgava serem tão bons.

— Eu te farei pagar por tudo — disse entre os dentes enquanto os olhos brilhavam.

Dandara encarou aquela cena, totalmente triste. Estava tão perdida e sozinha naquele momento, abandonada no

Inferno, à própria sorte, para castigar eternamente as almas que caíssem ali.

Pensou em tudo que tinha atualmente e não queria perder nada disso, sua sobrinha, seus amigos, Sylas, seu melhor amigo. Lutaria bravamente para se reerguer, só precisava procurar melhor em suas lembranças.

Ela fechou os olhos e sentiu tudo ao seu redor ficar totalmente escuro de novo, sentiu sua mente viajar outra vez e podia ouvir palavras desconexas, até mesmo fora de contexto. Tudo estava uma bagunça; milênios e milênios de lembranças; não sabia aonde aquilo iria levá-la, mas esperava que fosse solucionar suas dúvidas.

De repente, tudo ficou silencioso, Dandara pôde escutar uma música tomar conta do ambiente e, aos poucos, foi abrindo os olhos. Estava em um lugar cheio, havia muitas bebidas espalhadas pelo local. Pôde observar que as pessoas usavam roupas de época e que a lúxuria era nítida, visto que alguns estavam completamente nus, praticando alguns atos sexuais, sem se importarem com as coisas ao redor.

O ambiente parecia ser um grande salão, havia alguns sofás e, em um canto, uma orquestra que tocava incansavelmente. Dandara passou a caminhar entre as pessoas, os gemidos entravam em sua mente e aquilo só a deixava irritada, só queria refazer os passos daquela lembrança e achar o que necessitava.

Subiu uma grande escadaria que dava acesso ao segundo andar e após caminhar por um vasto corredor, observando as pinturas caras que estavam penduradas na parede, abriu a última porta e arregalou os olhos ao ter aquela visão.

Era ela novamente e, dessa vez, ao lado de Ethan, mas seu amigo não estava em sua versão demoníaca luxuriosa e, sim, como um Duque, que era a sua posição social quando apenas humano.

— Entendo. No entanto, diga mais sobre o tesouro que revelou entusiasmado — Ethan pronunciou-se enquanto ajeitava o cigarro improvisado entre seus dedos.

Lúcifer, que estava ao lado de seu amigo, apenas observava o Barão na sua frente, que não fazia ideia da informação que estava entregando àqueles dois.

— Então, é dito que este artefato é capaz de curar qualquer doença que possa afligi-lo — disse. — Que Adão e Eva protegiam com fervor, e o Anjo Caído nunca conseguiu roubar para si.

Os olhos da Dandara do passado brilharam e não pôde deixar de sorrir. O anjo que estava ali observando toda a cena de sua lembrança ficou boquiaberto, pois estava se lembrando do que se tratava.

— Como assim roubar? — indagou Ethan.

— Na bíblia, é dito que Adão e Eva estavam apenas vivendo no jardim, a fim de procriar e gerar a humanidade que conhecemos hoje. — O Barão levantou-se e passou a andar pelo quarto. — Mas ao criar os primeiros humanos, Deus ordenou que fossem os guardiões deste tesouro, já que devido à perfeição, não poderiam errar ou ser enganados.

Lúcifer do passado observava, com um sorriso nos lábios, pois sabia que era o causador de todos os problemas que envolviam a humanidade até então. O Barão sequer imaginava que estava contando todas aquelas informações para o enganador de Adão e Eva. Quer dizer, refrescando a memória da antiga e atual Dandara.

— Mas sabemos que foi diferente. — O Barão parou próximo à janela. — O anjo retornou e tentou enganar os dois, para ter, para si, aquele tesouro. E ele conseguiu enganá-los, mas Miguel chegou a tempo e não deixou que fosse levado. É dito que se um arcanjo ingerir, ele pode ter forças equivalentes ao Criador.

— Deus criou um tesouro que pode destruí-lo, qual o sentido? — Ethan riu baixo ao dizer aquelas palavras. — Parece ser puro capricho.

— Talvez — disse Lúcifer.

Dandara se encostou à porta, sua cabeça parecia doer um pouco, aquela lembrança estava sendo muito forte.

— E qual seria esse tal tesouro? — disse Ethan.

— Ora, não é óbvio? — A loira do passado abriu um sorriso largo. — É o Fruto Proibido.

Ethan ponderou, era a forma perfeita de ajudar sua amiga a obter a sua vingança contra os Céus.

— E onde podemos encontrá-lo? — indagou o Duque.

— Bom... — respondeu o Barão. — Está localizado em seu local de origem, em algum lugar da Mesopotâmia.

Foi então que Nyota conseguiu a informação que queria, e saiu do quarto deixando os três sozinhos. Dandara passou a andar com dificuldade pelos corredores, segurando-se vez ou outra. Estava tudo claro para si, só precisava retornar ao início de tudo para ter a cura para a sua morte. E precisava passar essa informação a Sylas e este saberia aonde ir, ao local exato.

O Jardim do Éden.

FRUTO PROIBIDO

Após um desentendimento, Nathan dirigiu-se à floresta em torno do local. Foi então que a raiva o dominou por alguns momentos, e passou a observar a árvore na sua frente e tudo que estava sentindo, todo aquele *mix* de sensações estava o consumindo e o moreno já não sabia mais o que fazer.

Tudo que cultivara durante a adolescência, encarava como algo verdadeiro, ele sabia que nada daquilo havia sido em vão. Cinco anos afastados, ele sabia que esse tempo não seria mais recuperado e talvez essa fosse uma das coisas que mais lhe causava dor. Jamais saberia o que poderia ter acontecido nesse período, talvez Thalia e ele estivessem casados, tendo uma vida comum, assim como seu pai e Noah.

No entanto, não havia como voltar atrás, e remoer isso só deixava seu coração mais dolorido.

Seus olhos começaram a marejar, e se havia algo que o *Bellator* odiava era deixar seus sentimentos expostos. O choro era nítido, não havia mais controle e para extravasar a sua raiva, decidiu descontar com suas mãos.

– Por que eu fui tão idiota? – dizia enquanto socava a madeira em sua frente. – Por que eu a deixei ir? – Nathan bradava a cada soco que lançava contra a árvore, cada fresta que caía, devido à sua força, fazia ter ainda mais vontade de partir aquilo ao meio, porque em sua mente, era como se estivesse batendo em si mesmo.

[...]

Já na cabana, os nervos estavam à flor da pele, devido às pesquisas que Hélio ainda estava realizando para salvar a vida de Dandara, sem saber se isso, de fato, era possível. Além disso, Thalia se encontrava ainda debruçada na varanda, e a moça nem se esforçava em esconder nada, deixando exposta a sua tristeza, que estava nítida, devido aos olhos levemente inchados e às bochechas avermelhadas. Estava sendo aconselhada por um de seus pais:

— Eu não consigo perdoá-lo, não consigo entender o porquê de ele ter me abandonado.

— Filha, as pessoas têm motivos, e o Nathan não é diferente. — Noah passou um de seus braços em volta do pescoço da filha. — A relação entre o seu pai e ele foi muito conturbada, seu pai o rejeitou e passou a vida inteira escondendo a existência dele. Imagina agora como a mente dele deve estar ou como esteve durante todos esses anos?

Thalia suspirou com o olhar distante.

— Quando se encontraram e travaram uma batalha, que ao certo nunca teve vencedor, tudo foi complicado naquela época. As coisas não se resolvem da noite para o dia e talvez, para o Nathan, fosse melhor esse tempo, fosse melhor se organizar, se entender e, por conta disso, preferiu ir embora.

Noah apertou de leve o ombro da filha.

— Eu entendo a sua chateação, filha, porque você o ama, mas tem que entendê-lo também. Ele te ama, e isso é nítido. Não é à toa que ele retornou, e eu acredito que nunca esteve longe totalmente, de fato. — O pai a soltou. — Só não cometa os mesmos erros que eu, filha. Eu quase perdi o seu pai muitas vezes, porque nós não conversamos, não dialogamos da forma correta, então não faça isso contigo. Vocês são jovens e ainda têm muita coisa pela frente, os esperando, então vá atrás de quem você ama e viva cada momento com ele. Seja atirando discos de vinil por aí ou fazendo qualquer mania esquisita que ele possa ter.

Ambos riram.

— É, eu não sei se ele tem alguma mania estranha, como o papai, de ficar jogando discos de vinil por aí, na realidade, em bêbados, né? Mas eu acho que você tá certo, pai. Precisamos ter o nosso momento. Obrigada.

Thalia aproximou-se de seu pai e envolveu-o em um abraço.

[...]

Thalia refletiu um pouco sobre as palavras de seu pai e, após um café quente, decidiu que não deveria nutrir esses sentimentos confusos. Eles eram jovens, tinham tempo e se amavam, não teria por que jogar tudo isso fora, se poderiam se entender. Encheu outra xícara e saiu da cabana a passos lentos, a noite já havia caído, mas a redondeza estava iluminada por algumas luzes.

Ela seguiu à procura de Nathan, a fim de expor tudo que estava sentindo e de tentar entendê-lo. Depois de alguns minutos caminhando, encontrou o moreno sentado em frente a uma árvore, com os punhos machucados e os joelhos estavam junto ao corpo, escondendo o próprio rosto. Sua respiração parecia desregular, estava ofegante.

Thalia tocou seu antebraço, fazendo com que Nathan levantasse o rosto por um momento.

— Dizem que uma xícara de café resolve tudo.

Ela estendeu o copo em direção ao *Bellator,* que aceitou, pegando-o. Nathan sorveu o líquido devagar e, em seguida, voltou a encarar a moça na sua frente. Os olhos, o formato do rosto, como os cachos caíam de forma bela sobre seus ombros, Thalia ainda parecia a mesma garota de cinco anos atrás. Bebeu um pouco mais de chá, fechando os olhos por um breve momento.

Era um dia chuvoso, bem cansativo. Sentia seus ombros cansados. Assim que passou pela porta do vestiário, jogou seu capacete em um canto qualquer. Estava tão puto por tudo que estava acontecendo consigo, que não conseguia assimilar muito bem.

Era jeitosa a forma como aquela garota estava mexendo com ele, e talvez Nathan não estivesse conseguindo lidar muito bem com isso. Afinal, o seu objetivo inicial era apenas conquistar a menina para chegar até Sylas, o verdadeiro vilão da sua história. No entanto, ele não esperava que outro sentimento, além do de vingança, fizesse morada em seu coração inexistente.

Por que diabos tinha que se apaixonar por ela? Por que ela tinha que ser tão legal? Por que ela tinha que procurá-lo o tempo inteiro, para sempre se manter por perto?

Nathan se aproximou de seu armário e não hesitou em socá-lo seguidas vezes.

Esse momento se originou graças ao abraço que recebeu no fim do jogo, ele não queria ter sentido nada, nem as borboletas no estômago nem as bochechas esquentando. Talvez a ideia de se vingar não fosse tão fácil.

Por que não podia agir como qualquer um quando tem um objetivo e simplesmente invadir a casa do Sylas para fazer o que deveria?

Por um instante, encostou a cabeça na porta do armário e escutou o barulho da porta do vestiário se abrindo, sabia que não eram os outros jogadores, visto que havia uma grande festa no campo, devido à vitória que conquistaram naquela noite. E teve certeza quando, por um momento, fechou os olhos e sentiu aquele perfume doce entrar por suas narinas.

Ao se virar para a porta, Nathan a viu parada ali e, em seus lábios, um sorriso aberto; em suas mãos, um belo cupcake de chocolate.

– Oi, você mandou muito bem hoje! – Thalia se aproximou do jogador.

Ele apenas olhava fixamente.

– Obrigada pela vitória, Heitor.

Ainda era estranho escutar seu nome falso deslizando pelos lábios da garota. Ela esticou as mãos em direção a Nathan, que pegou o cupcake e olhou por um tempo.

— Vai, prova — disse ela.

Ele ainda tinha um semblante desconfiado, era aceitável, considerando que ainda estava revoltado com certas coisas. Levou o bolo à boca e mordeu um pedaço; parecia uma festa dentro da sua boca, um sabor incrível, não pôde deixar de sorrir, assim que engoliu tudo.

— Obrigado.

Ela abriu um grande sorriso ao escutar aquelas palavras, e aquilo foi como ponto fraco do Bellator, porque, toda vez que ela fazia aquilo, ele sentia uma vontade enorme de tomá-la em seus braços.

— Você se esqueceu disto aqui também.

Nathan não havia sentido que sua boca estava suja, logo Thalia se aproximou e, com o dedo indicador, tirou um pouco do glacê do bolo que estava em seus lábios e levou até a própria boca para limpar o dedo.

Aquilo pareceu suficiente para mandar a sanidade de Nathan para longe dali. Deixou o cupcake no banco que estava ao seu lado e segurou Thalia pela cintura, puxando-a para perto. Forçou o corpo contra o dela, para que ela se encostasse aos armários. Os olhares se cruzaram e não desviaram de jeito algum, era como se estivessem conectados.

— Se você não quiser, tá tudo bem.

Sem dizer qualquer palavra, Thalia passou os braços em volta da nuca do outro, puxando para mais perto. Seus narizes estavam se tocando, já era possível sentir a respiração um do outro, e um sentimento inexplicável parecia consumi-los naquele momento. E sem qualquer medo, Thalia e Nathan juntaram seus lábios em um beijo lento que, por um instante, era como se estivessem em um mundo apenas deles, que nada iria separá-los.

E como destino, seus sentimentos floresceram, Nathan pôde perceber que toda aquela situação seria mais difícil.

Abrir os olhos e ser consumido pela tristeza ao lembrar que eram felizes há cinco anos pareceu destruí-lo por dentro.

– Você acha que, um dia, voltaremos a ser como antes? – perguntou ele.

– Sendo bem sincera, nós nem tivemos tempo para *ser* algo, sabe.

Ele desviou o olhar para o nada, como se não soubesse o que dizer.

– Mas ainda temos tempo para consertar tudo, para viver como deveríamos ter vivido.

– Será? – Sorriu fraco.

– Sim, mas acho que, para isso, nós precisamos ser sinceros um com o outro. Sem mentiras, por mais que sejam para nos proteger, precisamos confiar um no outro e entender que se queremos ser um casal de verdade, então seremos um até o fim e em tudo.

Thalia segurou o queixo de Nathan, fazendo com que ele olhasse em sua direção, precisamente em seus olhos.

– Acho que só devemos começar devagar desta vez, como se agora fosse a primeira vez, como se aqueles momentos turbulentos que vivemos não tivessem existido e nossa história estivesse começando agora.

Ela sorriu, e por *qualquer criatura espiritual maravilhosa que possa existir neste universo*, aquilo sempre esquentava o coração do *Bellator*.

– Eu quero, quero muito ser o melhor para você e quero muito dividir a minha jornada contigo.

– Então, tudo bem.

A cacheada se levantou e, em seguida, esticou a mão em direção a Nathan.

– Me chamo Thalia Guo. – Sorriu. – E você?

O rapaz retribuiu o sorriso, colocou a xícara ao seu lado e esticou o braço para segurar a mão da moça, levantando-se.

– Me chamo Nathan Guo. Acredito que será um enorme prazer.

E ambos caíram em uma gargalhada divertida, que parecia concretizar aquele momento. *Um recomeço.*

[...]

Já na cabana, o momento ainda parecia tenso. Hélio já havia lido todos os livros possíveis que estavam ao seu alcance, além de fazer pesquisas sobre o assunto. Só havia uma alternativa, que parecia inalcançável, porém a única saída.

Levou as mãos ao rosto, ponderando o que, de fato, iria fazer, e decidiu que não iria mais protelar seus pensamentos. Era hora de contar aos outros. O bruxo ajeitou o livro na página correta que mostrava o ingrediente que seria a salvação para tudo e tomou em suas mãos. Seguiu em direção ao corredor que dava acesso ao quarto de Dandara, escutou alguns ruídos vindos do local.

— Ela está delirando.

Gaia estava próximo ao pequeno armário que ficava ao lado da cama, ali havia uma bacia com água morna que Ethan havia acabado de preparar. Molhou o pano e ajeitou para colocar sobre a testa de Dandara. Alex, que estava ao lado da morena, tentava mantê-la calma.

— O que houve? — perguntou Hélio ao chegar.

— Ela estava murmurando algo como "proibido", não deu para entender muito — respondeu Alex.

— Você sabe o que pode ser, Hélio? — Gaia indagou.

Ele apenas assentiu, quando ia abrir a boca para responder, Sylas, que havia chegado junto a Ethan e Noah, foi mais rápido:

— É provável que tenha falado do fruto proibido — disse. — Acabamos conversando um pouco sobre, lá fora.

— Eu também considerei essa possibilidade ao fazer as pesquisas. — Hélio mostrou o livro e suas propriedades mágicas. — Mas as consequências, ela pode não suportar.

— É uma alternativa, certo? — disse Alex. — Não temos como saber se vai funcionar, ok, mas podemos tentar.

— Só que, há muito tempo, Dandara e eu procuramos o Jardim do Éden, e ele não existe mais — disse Ethan. — Então, é provável que não exista nenhum fruto. Além disso, se ainda existisse algum no plano carnal, com certeza, algum humano idiota teria anunciado ao mundo.

De repente, uma ideia veio à mente de Hélio.

— Você sabe o mapa de todos os locais espirituais? Digo, sem ser os Céus — indagou Hélio. — Como o Purgatório e o Inferno?

— Sei do Inferno, eu nunca fui muito ao Purgatório — disse Ethan.

— É possível que Nathan saiba tudo sobre, vou chamá-lo. — Sylas afastou-se, deixando os outros.

Hélio seguiu rápido para a sala, onde estavam os livros que havia lido e relido. Retirou alguns que estavam sobre a mesa, pegou rolos de papel que tinha consigo, como pergaminhos. Estendeu dois sobre a mesa.

Ethan e Noah, que haviam acompanhado, estavam sem entender o que o amigo estava fazendo.

Logo, Sylas, Nathan e também Thalia chegaram, para ajudar no que fosse que Hélio estivesse fazendo.

— Ok... O que estamos fazendo? — Indagou Noah.

— Seguinte, eu preciso que vocês... — Apontou para Nathan e Ethan. — Desenhem um mapa do Purgatório e um do Inferno. Não precisa ser perfeito, mas o suficiente para entendermos onde fica cada lugar.

Sem entender muito, os dois se ajeitaram sobre a mesa e, com os pincéis, passaram a desenhar o que o bruxo havia pedido.

— Perfeito — disse, assim que os outros haviam terminado. — Pois bem, existe um feitiço que você pode encontrar o que necessita, basta saber bem a "planta" do local, que o feitiço percorre todos os lugares até achar.

Escutaram atentamente, e logo que Ethan e Nathan terminaram os desenhos, Hélio não perdeu tempo e os ajeitou sobre a mesa. Enfiou a mão embaixo da própria blusa, puxando seu cristal para fora, era brilhante com uma coloração azul-claro. Retirou o próprio colar, segurou com as palmas, aquilo o ajudaria a se concentrar.

Os outros rodearam a mesa, enquanto Hélio ficou na ponta. Ele fechou os olhos e passou a recitar o encantamento, tornou a repetir com fervor, para que funcionasse.

Hélio abriu seus olhos, que estavam brilhantes, levou a palma esquerda para cima dos mapas e passou a deslizar pelos locais desenhados. Parou ao achar o lugar, ao qual precisavam ir.

– É aqui – disse quando o feitiço indicou. – Nesta parte do Purgatório. Agora, precisamos decidir quem irá buscar.

Nathan conhecia bem o local, então, com certeza, iria nessa jornada. Sylas se ofereceu e também Ethan, mas este foi barrado por Hélio.

– Não acho uma boa ideia você ir também, somente eu tenho poderes mágicos e terei que protegê-los sozinho, caso algum arcanjo volte – disse. – Eu não conseguirei.

– Tudo bem, eu fico com você, meu bem. – Aproximou-se do bruxo. – Então, Noah, é contigo.

E este assentiu, entendendo que a sua presença era necessária. Os três iriam até as profundezas do Purgatório para buscar o fruto proibido, uma última chance de trazer Dandara de volta.

[...]

Não demoraram a chegar ao local, graças a Ethan que podia viajar entre os dois planos bem facilmente e os ajudou nesse ponto. Nos portões do Purgatório, os três caminharam com cuidado, observando tudo ao redor.

Era noite ou pensavam ser, na verdade, o Purgatório era coberto por um céu escuro e sem estrelas e a paisagem parecia ser a mesma, assim que cruzava o portão, uma longa floresta com árvores altas. Como um *loop* infinito e talvez uma caminhada eterna como castigo.

– Aliás, esse lugar, ao qual iremos, é um pouco estranho – disse Nathan, assim que cruzaram os portões. – É dito pelas outras almas que vivem aqui, que seria o local dos Oráculos.

— Oráculos? — indagou Noah.

— Sim.

— Basicamente, são humanos que buscaram encontrar o Purgatório para achar o Livro da Deusa, que permite que você veja o futuro de quem quiser — Sylas explicou enquanto andava calmamente. — Mas quando eles chegavam aqui e achavam o tal livro, ficavam aprisionados em outro plano, como se tivessem abandonado seu corpo carnal no momento em que adquiriram esses poderes.

Noah estava perplexo, era sempre algo novo para aprender sobre o mundo espiritual.

— Um plano espiritual dentro de outro? Mas... esse livro, como veio parar aqui? — Noah tinha dúvidas e estava curioso. E a caminhada parecia que seria bem longa.

— Bom, quando a Deusa da Criação fugiu dos Céus, é dito que ela veio pra cá — Nathan respondeu, observando o redor. — Só que como estava ferida, transferiu seus poderes para uma árvore que, ao absorver, se tornou Natura, sua criação e guardiã dos elementos que vocês conhecem na Terra. Por isso, o nome Natureza. Aquela criação toda da Terra foi feita pela Deusa.

Isso era muita informação para o moreno, sentia-se um pouco tonto.

— Então, você está dizendo que a Natureza que nós conhecemos, na Terra, é na verdade uma entidade que carrega os poderes da Deusa?

— É, isso — respondeu. — Ela também tem o poder de ver o futuro, e isso ela deixou em um livro, que amaldiçoa os Oráculos.

Era tudo tão surreal que Noah estava tentando acompanhar. Por que nunca aprendeu sobre essas coisas antes?

— Quando tudo isso terminar, eu vou me afundar nos livros do Hélio. — Noah deu alguns passos rápidos para acompanhar os dois.

— É bom, amor. — Sylas sorriu.

Após algumas horas, os três haviam chegado ao local do mapa. Não era diferente dos outros lugares por que passaram, exceto que ali havia uma concentração menor de árvores. Eles passaram a observar em volta, para que pudessem ver algo que indicasse a existência do fruto ali.

— Então... é só isso? — disse Sylas. — Não é possível que não haja nada aqui.

O meio demônio andou até a parte mais aberta e olhou para os lados, tentando ver alguma coisa, acompanhado pelos outros dois.

— Deve ter algo errado, o feitiço não erraria. — Noah se aproximou de uma das árvores. Logo que tocou no tronco, as coisas começaram a mudar. O lugar foi invadido por uma forte ventania, o que era estranho, considerando que ali era o Purgatório.

Sylas correu em direção a Noah, a fim de protegê-lo, caso algo acontecesse. Era possível escutar barulhos altos, como se fossem várias batidas nas madeiras das árvores.

Em seguida, a ventania cessou e algumas folhas começaram a cair. Muitas delas.

Formando um amontoado no chão, as folhas começaram a secar instantaneamente, e o vento voltou a ficar forte. As árvores se mexeram de forma tão violenta que as folhas, antes no chão, começaram a flutuar e, entre elas, foi possível ver uma silhueta se formando.

Quando caíram novamente, puderam ver com mais clareza quem estava ali. Era uma mulher, com longos cabelos ruivos e cacheados, a pele escura, e apesar da madureza em sua aparência, eles não baixaram a guarda. Não quando se tratava de alguém do Purgatório.

— Eu estava esperando por vocês — disse com a voz preocupada.

— Quem é você? — perguntou Noah.

Mas não era óbvio?

— Sou a Deusa da Criação, Ayla.

[...]

Não demorou muito a retornarem à cabana outra vez, onde os outros estavam cuidando de Lúcifer.

Hélio já havia preparado um recipiente para acomodar o fruto proibido, para que Dandara pudesse ingerir e assim melhorar. Toda aquela situação, e todos ali estavam chegando ao limite, era nítido o cansaço, no entanto não podiam deixar se abater, pois precisavam trazê-la de volta.

Todos estavam na sala reunidos, Dandara já estava um pouco melhor e dormia tranquilamente. Estavam sentados nas antigas poltronas, e os olhares, naquele momento, eram apenas direcionados à senhora que estava presente. Ayla, a Deusa da Criação, estava ali na frente deles. Ao ser encontrada, disse estar esperando e já estar com o ingrediente necessário para que salvassem Dandara.

Para alguns ali, ainda assim, era estranho tudo aquilo que estava acontecendo e precisavam de respostas sobre aquela mulher.

— Então... — Ethan se pronunciou. — Ayla, certo?

Ela assentiu.

— Pela deusa, a Dandara é a sua cara. — Gaia sorriu.

Ayla apenas assentiu. De fato, elas pareciam a mesma pessoa, o que mudava era apenas a cor dos cabelos.

— Bom, Ayla, você não falou do caminho para cá... — Sylas se pronunciou. — Então, por que quis vir? Suponho que por ser a Deusa da Criação e poder ver o futuro, sabia que viríamos até você e o motivo.

— Porque é a minha filha que está mal, eu queria vê-la.

— Então, por que não veio antes? — Ethan se levantou, caminhando para próximo da porta.

— O Purgatório é o único lugar que Apolo não pode me encontrar. — Desviou o olhar. Parecia apreensiva.

— Apolo? Você está falando do Criador? — Hélio estava confuso.

— É, vocês o conhecem por esse título, mas o nome verdadeiro dele é Apolo. — Ayla suspirou. — Ele busca por mim desde que eu fugi dos Céus, e ao Purgatório, por ser um lugar de criação minha, Apolo não consegue achar.

A senhora se ajeitou na poltrona e continuou:

— Um pouco antes da criação dos arcanjos, enquanto ainda estávamos moldando os animais da Terra, em alguns momentos, eu vagava pelo Éden para observar as coisas e caso achasse algo que pudesse ser melhorado, eu fazia.

Ponderou um tempo.

— E isso começou a deixar Apolo enfurecido, não gostava das minhas tomadas de decisões, sem consultá-lo. — Suspirou. — O estopim foi quando chegou a hora de criar os arcanjos, e eu criei cristais para cada um deles, para que ali suas almas ficassem guardadas. Logo, diferente dos humanos, que a alma fica no interior, a dos anjos fica no cristal do colar que eles carregam.

Todos escutavam atentamente cada palavra de Ayla, absorvendo as informações e entendendo o porquê do Criador ser daquele jeito.

— E o que aconteceu? — indagou Alex.

— Bom, inicialmente o plano era que os arcanjos não tivessem alma, logo eles não iriam questionar e, sim, obedecer, como verdadeiros soldados, mas eu não queria isso, seria injusto — explicou. — Então, fiz esses colares e, assim que criados, sem que Ele visse, eu os presenteei, porém sempre disse que guardassem dentro do manto.

Ajeitou os cabelos brevemente.

— O tempo foi passando, e eu pude ver no futuro o que aconteceria comigo, caso eu continuasse nos Céus. Mas, ainda assim, foi tarde quando decidi tomar a atitude de fugir. Durante um dos treinos, o Criador acabou vendo o colar de Miguel, que contou tudo. E quando Apolo me achou, tentou batalhar comigo e me feriu com a sua espada. Não tinha muito que eu pudesse fazer, consegui despistá-lo e fugir para o Purgatório, onde Ele não tem acesso.

Seu olhar mudou, Ayla parecia triste.

— Dandara e eu nos aproximamos quando estive nos Céus, mas como fui embora de repente e a deixei em um momento difícil, ela nutriu esse ódio por mim.

Agora tudo estava claro para os outros, sabiam do lado da Nyota, sabiam que a morena dificilmente falava de sua mãe e, quando fazia, era sempre com palavras frias e ruins, porque se sentia abandonada, sozinha, e, talvez, por isso, cuidasse muito bem dos seus, já que não queria que ninguém se sentisse como se sentiu.

— Tenho certeza de que quando ela acordar, vocês poderão conversar melhor — disse Noah.

— Conhecendo minha filha, não vai ser bem assim.

Alguns acabaram concordando. Realmente, o temperamento de Dandara não era de muita conversa.

Durante o assunto, alguns fizeram perguntas sobre sua origem e como fez para se curar.

— Bom, eu não tenho meus poderes cem por cento restaurados — disse. — Passei parte deles para a Natura e, do livro que fica no Purgatório, domino poucos feitiços, mas ainda posso ver o futuro. Bom, acredito que em breve poderei me recuperar.

Após explicarem alguns acontecimentos recentes para Ayla, mencionaram sobre o fruto proibido que a Deusa carregava consigo. Ela explicou que roubou aquele fruto, assim que fugiu, pois, em uma visão distorcida, viu que necessitaria daquilo um dia. Por isso, criou um feitiço para escondê-lo e, quando recitasse, ele iria aparecer em suas mãos. Dito isto, recitou e o fruto apareceu. Ayla o entregou a Noah, que segurou com muito cuidado.

— Eu posso vê-la? — indagou receosa.

— Claro, ela está no quarto — disse Gaia. — Antes, estava passando um pouco mal, mas acredito que ainda esteja dormindo.

A de cabelos verdes acompanhou Ayla pelo corredor, para que chegassem ao quarto. A ruiva ficou estagnada por uns minutos, ainda perplexa por estar próximo de sua filha depois de todos esses milênios. O rosto pálido, os lábios secos e escurecidos, sem brilho, aquela não era a sua Dandara, sua filha. Queria chorar por vê-la naquela situação, gritar a plenos pulmões o quanto se arrependia e pedir desculpas o quanto fosse preciso. Mas agora não era o momento, precisava salvá-la, para que tivesse a chance de consertar tudo que havia acontecido.

REUNIÃO DE FAMÍLIA

Ao ter o fruto em mãos e também o recipiente feito de barro, que Hélio levou para poder aguentar o forte poder do chá, Noah foi rapidamente à cozinha e pegou os utensílios para começar a preparação. Feito isso, o rapaz parou em frente à bancada, com a faca em uma das mãos e a fruta brilhante sobre a tábua. Noah estava nervoso, seu estômago estava se revirando, e sentia suas mãos tremerem. De repente, sentiu uma súbita vontade de chorar ao se lembrar das palavras de Hélio.

Se tudo aquilo fosse em vão? Ou, no final de tudo, estavam somente sentenciando Dandara à morte? E talvez de uma forma pior do que já estava acontecendo?

— Noah...? — Ayla disse ao se aproximar, tocando-lhe o ombro. Em uma das mãos da ruiva, havia um frasco com o líquido preparado por Hélio, o qual Noah havia esquecido na sala.

Nesse momento, o outro acabou por desabar em lágrimas, lembrando-se de todos os momentos que teve com a amiga e não hesitou em se jogar nos braços da Deusa da Criação, que o acolheu em um abraço.

— Tá tudo bem, querido. Todos estão com medo das consequências, mas vai dar tudo certo, ok?

Ela tomou das mãos de Lopes a faca e disse ao rapaz que apenas a ajudasse, ela mesma prepararia o chá. Após limpar as lágrimas de Noah, os dois começaram a trabalhar, cortando o fruto proibido e despejando no recipiente junto ao líquido. Logo a coloração foi mudando para uma cor acinzentada, o que, segundo Ayla, indicava que já estava pronto.

A Deusa despejou o chá em um copo, para que pudessem levar ao quarto. Os dois seguiram para o andar de cima, para o quarto onde Gaia e Alex estavam sentados, segurando as mãos de Dandara. Sylas estava em um canto do cômodo, com os braços cruzados e um olhar distante.

— Isso vai funcionar? — Alex indagou esperançoso, já Gaia não conseguia conter as lágrimas a todo o momento.

— Esperamos que sim, meu bem — Ayla disse ao passar pela porta.

Noah optou por ficar parado. Logo Hélio, Thalia e Nathan, que estavam no andar de baixo, voltaram ao quarto, a fim de também acompanhar o processo, que seria realizado pela própria Ayla.

Devagar, a moça entrou no quarto, tomando cuidado para não derrubar nem um pingo sequer de líquido. Aproximou-se de Dandara, que ainda parecia gemer palavras desconexas, como se estivesse tentando, a todo o momento, não se entregar às dores que estava sentindo.

Ayla aproximou o copo dos lábios, já um pouco escurecidos, e Gaia ajudou, levantando a cabeça de sua esposa, para que ela pudesse sorver o chá.

Aos poucos, Dandara engoliu o líquido, com dificuldade. Alex não soltou a sua mão em momento algum, demonstrando todo o nervosismo e a ansiedade para saber se tudo aquilo daria certo. Após vê-la terminar a bebida, Gaia ajeitou a morena na cama novamente.

Logo mais, Nyota parecia estar mais quente, sua temperatura corporal estava elevando demais.

— Ai! — gemeu Alex ao sentir sua mão ser apertada com força.

Logo, seus amantes se afastaram um pouco e, em seguida, Dandara começou a tremer, deixando alguns à sua volta desesperados.

[...]

Em uma dimensão não muito longe dali, Dandara havia voltado à floresta em que estava o *Oráculo*, porém o local era diferente. Era noite, as árvores pareciam mais secas e sem vida, o chão, antes coberto pelo verde, era apenas regado por folhas e flores secas. Nyota já havia entendido que algo estava diferente e, quando seu coração começou a pulsar de forma nervosa, tudo ficou ainda mais claro para si. Os céus estavam cobertos por um *show* de luzes, raios e trovões bem altos e raivosos.

— Anciã! — Dandara tentava gritar, quando passou a correr entre as árvores. Tentava, a todo o momento, achar o caminho de volta para a cabana.

A adrenalina estava consumindo-a, e algumas vozes falavam em sua mente de uma forma nervosa, estava tudo muito confuso junto ao medo de todo aquele cenário, nunca havia visto nada igual.

Dandara tentava concentrar-se para que pudesse fugir dali o quanto antes, mas estava sendo difícil, até porque fazia muito tempo que não lidava com esses sentimentos.

Após alguns minutos, a morena conseguiu avistar a simples cabana e não hesitou em correr ainda mais rápido, para que pudesse fugir daquele pesadelo. Gemeu dolorido ao passar pela porta, mas acabou perdendo o equilíbrio e caiu no chão em frente ao Oráculo.

— Anciã! — disse, nervosa, ao tentar se levantar com cuidado.

A senhora permaneceu sentada em sua poltrona, com o olhar calmo e sem esboçar qualquer reação.

— Anciã, por favor, me ajude! — Dandara levou as mãos à cabeça, fechando fortemente os olhos. — Eu não sei o que está acontecendo comigo, estou com medo. Essas vozes...

A pulsação era ainda maior, espalhando agora para a sua cabeça, sentia que iria explodir a qualquer momento. Dandara ainda escutava palavras desconexas, choros contínuos, e seu corpo parecia ficar ainda mais quente.

A sensação de morte estava tomando seu corpo novamente, como o abraço frio que havia sentido no momento em que seu pai decidiu deixar as consequências do pacto virem à tona.

Dandara sentia-se fraca e não sabia se, de fato, aquele era o seu fim. Arrastou-se pelo chão frio, enquanto os barulhos do trovão assustavam ainda mais.

A anciã, a pessoa a quem Dandara implorava ajuda, permaneceu no mesmo lugar, com um olhar distante como quando a morena entrou no local.

– Anciã, o que está acontecendo? – perguntou com dificuldade.

– Tudo que era previsto, você passará por outra experiência – disse. – Se cuide no caminho, criança.

Dandara colocou novamente as mãos na cabeça em tentativa, sem sucesso, de cessar aquela dor. Logo, uma pontada muito forte na região lateral e a mesma caiu desacordada. Sua última visão era apenas os raios brilhantes e fortes; podia ver a silhueta sob o telhado da cabana.

[...]

Já em outro ambiente, onde o real corpo de Dandara repousava, as pessoas, ali presentes, tentavam entender o que estava acontecendo, visto que a morena não parava de tremer e, sempre que alguém tentava tocá-la para talvez acalmá-la ou tentar segurá-la, seu corpo estava extremamente quente, então a única solução, que encontraram, era esperar aquilo tudo passar.

Como ela já estava recobrando a consciência e retornando ao seu curso de origem, aos poucos, aquilo tudo foi cessando; o corpo de Dandara se encontrava apenas repousando na cama, em que ela havia caído há alguns dias, devido a um pacto que quebrou com seu Pai.

Gaia se aproximou com cuidado, tocou a testa da esposa, sentindo que a temperatura corporal estava baixando; percebeu que a respiração também estava normalizando, o que já era um grande alívio.

– Acho que funcionou – disse Alex, esperançoso.

Logo, os lábios, antes escurecidos, voltaram à coloração normal, e a pele, antes sem vida, voltou a ficar melhor. Aos poucos, Dandara abriu os olhos, que estavam com uma coloração diferente agora. Eram bem claros, quase brancos, e brilhavam tanto que se alguém olhasse por muito tempo poderia ficar cego.

Quando a morena sentou-se na cama, todos deixaram bem nítido que estavam aliviados e não hesitaram em mostrar que estavam também felizes, aproximando-se de Dandara, que ainda parecia dolorida, mas retribuiu com sorriso.

Ayla permanecia em um canto do quarto, visto ainda não saber como encarar a filha, mas Dandara não demorou muito a reconhecê-la, deixando o sorriso morrer e bem nítida a insatisfação.

– O que ela está fazendo aqui? – indagou.

Um longo silêncio.

– Isso é uma longa história – disse Ethan. – Mas basicamente foi ela quem te salvou.

– Você sabe muito bem que eu não quereria a ajuda dela.

– Nós sabemos, Dandara. – Sylas aproximou-se. – Só que tudo isso era necessário. Hélio conseguiu uma saída, e você sabe que somente a sua mãe teria a chave.

– Não diga como se ela fosse uma heroína. – Dandara ajeitou-se. – Você sabe muito bem que um dos motivos de eu ter sido condenada ao Inferno foi logo depois de ela ter me abandonado com meu Pai. E agora ela retorna... Como uma salvadora? Onde esteve todo esse tempo?

Depois dessas palavras, Ayla achou melhor se retirar, já que Dandara não hesitava em deixar claro que estava incomodada com a presença dela, e não queria estressá-la ainda mais, devido à situação que sua filha havia passado.

Enquanto caminhava pelos corredores, acabou sendo abordada por Nathan e Thalia, que estavam logo atrás.

– E então? Como foi tudo? – indagou o rapaz.

– Ela voltou, está aqui, mas, como imaginávamos, não quer saber de mim. – Sorriu triste.

– Ah, vovó... – disse Thalia. – Eu acho que ela só precisa de tempo, precisa saber melhor o que aconteceu.

– Acho que, até o último suspiro dela, não haverá perdão – disse. – Mas tá tudo bem, vão vê-la, queridos.

Ayla apenas abaixou a cabeça e cruzou os braços e, mesmo não podendo ver seu rosto muito bem, já que as madeixas escondiam, era visto que a moça estava triste.

Nathan apenas tocou-lhe o ombro e depois seguiu. Já Thalia a envolveu em um abraço, mesmo não sentindo os braços de Ayla em volta de si.

– Vovó, às vezes, os filhos não sabem das lutas e o porquê de os pais criarem segredos para protegê-los, algo assim. Não sei se estou falando certo. – Riu baixinho. – Mas eu tenho certeza de que tudo irá se resolver entre você e Dandara, ok?

Desfizeram o abraço. Thalia recebeu um sorriso fraco de Ayla, que ainda parecia reclusa, visto nunca ter tido contato com a "família" daquela forma. Mas sentiu-se mais confortável com aquele carinho e cuidado que a filha de Noah e Sylas teve consigo.

[...]

Ayla seguiu para fora do local, um pouco próximo às árvores em que, há alguns dias, Nathan descontou a raiva. A ruiva sentou-se ali e, como a real criadora da natureza, sempre tentava trazer de volta seus poderes por meio de suas crenças, acreditava que tudo estava apenas adormecido em si. Precisava de coragem para tudo que estava por vir, toda a sua bravura precisava ser reunida em seu interior e sabia que o elemento fogo poderia ajudá-la nisso.

Levou uma de suas mãos às costas, por baixo da manta, local em que carregava uma caixa com quatro recipientes. Ayla pegou um deles, que tinha uma coloração alaranjada e mergulhou dois dedos ali logo depois de abri-lo. A mulher levou os dedos às bochechas e, em cada uma delas, fez dois riscos que, aos poucos, foram tomando uma coloração brilhante até começarem a pegar fogo. Em seguida, Ayla levou à testa, fez um círculo e, dentro, desenhou uma labareda.

— Aurora, eu rogo por ajuda neste momento — dizia com fervor. — Sabemos o que está por vir, sabemos o fim de tudo isso e sei que precisarei de coragem, assim como minha filha. Guie-nos neste momento, eu rogo! Junto de seus irmãos, por favor, me guie com toda a sabedoria possível, para que nada de ruim seja concretizado.

Ayla passou a dizer palavras em latim, como uma oração, de forma fervorosa; aos poucos, os olhos escuros da moça tomaram uma coloração brilhante, junto aos símbolos desenhados. Ela bradava, rogava, implorava enquanto as árvores ao redor se mexiam cada vez mais fortes.

Uma voz masculina se fez presente no local, aproximando-se de Ayla. Ele também a ajudava, implorando, em oração, com as mesmas palavras da ruiva.

Hélio levantou as mãos ao parar atrás dela e juntaram as forças, para que nos próximos acontecimentos tudo não fosse ruim. Ao terminarem, era possível ver um pouco de fumaça ao redor de Ayla, que respirava fundo, tentando normalizar. Logo, foi ajudada por Hélio a se levantar.

— Tudo isso é tão incrível em tantos níveis — disse. — Eu ainda não acredito que faço parte de toda essa linhagem, que você é a fonte de tudo isso. A natureza vai nos ajudar, vai nos proteger.

— Mesmo em uma linhagem tão distante. — Ayla sorriu. — Você tem muito da *Natura*, é incrível esse acreditar, essa crença de que a fé nos protege. Nunca abandone isso, Hélio.

Hélio assentiu. Ter Ayla na sua frente era algo que o deixava sem palavras, já que, para a sua família, a ruiva era sua verdadeira deusa. No entanto, o momento deles foi interrompido quando escutaram algumas vozes, eram os outros saindo da cabana.

Dandara caminhava perfeitamente em direção às árvores, em que os dois estavam.

— Dara, não acha melhor esperar um pouco mais? — sugeriu Noah. — Você acabou de voltar.

— Todo tempo é precioso. — Dandara parou um pouco distante. — Eu já descansei demais enquanto estava morrendo, preciso acabar logo com isso.

Enquanto os outros tentavam, em vão, tirar aquela ideia da morena, Ayla se aproximou de Hélio:

— Eu irei com ela.

— Sem chances — retrucou a filha.

— Você não tem condições de ir sozinha, Dandara. Não seja teimosa.

— Você só vai me atrapalhar, como sempre. Melhor você ficar com os outros. Isso vai ser entre mim e o Todo Poderoso.

— Dandara, você precisa de toda ajuda possível e sabe que somente criaturas originalmente celestiais podem ir e, aqui, somente eu sou — a mulher disse firme. — Então, larga esse orgulho, Lúcifer, e me leve também.

— Se você for me atrasar, não conte com a minha ajuda — disse entre os dentes. Odiava a ideia.

Os outros tentaram convencê-la, inclusive seus amantes Gaia e Alex, mas Dandara estava decidida e não queria mais esperar.

— Eu não quero te perder outra vez. — Gaia se jogou nos braços da morena. — Eu te amo tanto.

Ainda que ela tentasse, a todo o momento, ser uma rocha, sem demonstrar qualquer pitada de carinho, a Muniz nunca conseguia esse feito por muito tempo. Conseguia ser o equilíbrio do relacionamento deles, ainda que fosse um tanto fria, no fim, era quem mais se importava com os dois.

— Você nunca vai me perder — disse Dandara ao envolver sua cintura e tomar de leve os lábios da esposa. Deram um breve selinho. — Meu coração sempre vai ser seu e do Alex. Você se lembra de tudo por que passamos? Dos nossos votos enquanto os outros batiam palmas, animados?

Dandara olhou para Alexander, esticou um de seus braços em sua direção, para que ele também participasse do abraço, o que foi prontamente entendido pelo marido. Este se aproximou e envolveu as duas, que repousaram as cabeças em seu peito.

Alex, apesar de brincalhão, nunca foi muito bom com palavras, era bom em fazer piadas até mesmo em momentos não muito bons para isso. No entanto, não conseguia se sentir feliz ali, apesar de se sentir em casa todas as vezes que suas esposas o abraçavam. Ali, sentia que uma parte de si estava se esvaindo.

Alex tocou a bochecha de Dandara com uma de suas mãos, segurando-a com cuidado para que a cacheada o encarasse. Ficou ali um tempo, admirando os olhos castanhos, como se estivesse tentando memorizar cada detalhe brilhante.

— *Conocerte fue mi suerte...*

— *...Amarte es un placer.*

Depois das trocas de carinho com seus amantes, Dandara despediu-se de todos, deixando bem claro que voltaria e ainda traria presentinhos dos Céus, se todos mantivessem, no coração, a fé de que ela retornaria.

— Infelizmente, não será hoje que poderei chutar os seus irmãos. — O amigo se aproximou. Passou os braços em volta dos ombros de Dandara, afastando-a um pouco dos outros. Eles ficaram um tempo olhando para as grandes árvores de Vila Girassol.

— Você entrou na porrada com eles tem pouco tempo, te aquieta. — A morena riu divertida ao lado do amigo.

— Você não vai demorar a voltar, né? — Suspirou. — Quer dizer, não tem nem motivo para demorar, afinal você acaba com eles em um estalar de dedos.

Sentiu seu coração um pouco pesado ao escutar a tristeza na voz do amigo. Sylas era como um verdadeiro irmão que nunca teve, a primeira pessoa que aprendeu a amar, e esse sentimento nunca acabou. A amizade deles era linda, como aqueles parceiros que matariam e morreriam um pelo outro sem questionar; que não conseguiam ficar nem um minuto sem se falar, mesmo quando Dandara quebrava um de seus discos de vinil mais preciosos, por ser raro, e isso o deixava puto, porque ele sabia que não conseguiria enrolar o senhorzinho da loja, pechinchando um preço legal.

A lista de razões de eles combinarem tão bem era infinita.

— Sy... — A morena se virou e segurou os ombros do amigo. — Eu não garanto que vou retornar, e você sabe dos riscos, sabe do acordo que fiz, para que você pudesse ficar com o Noah novamente e viver como um humano.

Dandara desviou o olhar.

— Eu não poderia dizer isso aos outros, mas você sabe que não consigo esconder nada de você. — Envolveu Sylas em um abraço. — É quase certo que eu não vou voltar.

O azulado estava se sentindo anestesiado, como se o seu corpo não respondesse, não conseguia sequer corresponder ao abraço. As palavras da amiga sobre não retornar ficaram rondando em sua mente e, logo depois, Guo sentiu o corpo começar a contrair involuntariamente, como se quisesse chorar.

— Nada de choro, não temos certeza de nada, ok? — disse Dandara. — Você sabe que vaso ruim não quebra de jeito nenhum.

Ela se afastou e, em seguida, segurou o rosto do outro, fazendo com que suas bochechas ficassem grandes. Até mesmo apostou com Sylas seus discos de vinil que o "mano a mano" com seu Pai não duraria quinze minutos, e este, com lágrimas nos olhos, aceitou. Dandara era assim, divertida, descontraída, se importava com os seus e, até em seus últimos momentos, ela não se rendia à tristeza. Não, isso já a acompanhou por muito tempo, não teria por que deixar dominá-la.

Ela soltou o rosto de Sylas; logo depois, levou o dedo mindinho à língua, que deslizou de leve e depois beijou o próprio dedão. Assim realizavam as suas promessas, desde crianças, quando se conheceram. Quer dizer, quando o Sylas era criança e ela em forma de uma.

O outro não pôde deixar de sorrir, repetindo o movimento da amiga. Em seguida, juntaram as mãos; primeiro, o dedo mindinho, o que indicava que a promessa era séria, no caso de ela voltar e, depois, juntaram o dedão para, enfim, selar o pacto.

Após se despedir, Dandara caminhou um pouco mais, acompanhada de sua mãe, para que ficasse distante dos outros. Nyota ajeitou-se, fechando os olhos e, em seguida, abrindo-os já brilhantes. Logo, com a palma aberta, fez um círculo na sua frente, de sua altura, dourado na borda e, no centro, uma grande claridade se formou. Um portal para os Céus.

— Hora da reunião de família — disse o arcanjo.

[...]

Era possível sentir o ambiente macio debaixo de seus pés, e o forte clarão que aquele lugar emanava chegava a perturbar um pouco os olhos de Ayla, que já não estava mais acostumada àquele ambiente. Ambas caminharam com cuidado, como se, a qualquer momento, fossem pisar em alguma armadilha, mas talvez isso não fosse tão difícil quanto o silêncio que havia entre as duas. Ayla sempre tentou recuperar a relação com Dandara e iria até o último segundo com esse pensamento. Pena que Lúcifer não lhe dava qualquer abertura. Nunca.

— Dandara, você já pensou no que fazer?

— Já! Vou entrar lá e chutar ele pra descontar todas as minhas frustrações — respondeu.

— Ok, bom plano — Ayla devolveu, sarcástica. — Mas você se esqueceu dos seus irmãos, certo?

— O que tem?

— O que tem? Você sabe muito bem que eles também vão querer batalhar contigo.

— E irão apanhar igualmente. — Continuou caminhando, passando pelos portões de entrada. — Eu sei que Gael não irá intervir e espero que não, para o próprio bem dele. Não vou hesitar, se eu tiver que quebrar Joe e Rayan na porrada, como já fiz várias vezes, vou fazer novamente.

— Eu só vou poder acompanhá-la até a entrada da torre, sou proibida de entrar nos Céus e há uma barreira que me impede de entrar no local — disse. — Então, tome cuidado.

— Eu me viro.

Por mais que odiasse tudo aquilo que estava acontecendo, Ayla admirava a astúcia da filha e o quanto poderosa ela era; havia feito um belo trabalho no início de tudo e se orgulhava muito disso.

Ao adentrarem a Cidade da Luz, os anjos que ali residiam não estavam entendendo muita coisa. *Como assim, ela estava ali? Não havia perdido suas asas? Lúcifer retornando aos Céus? E, pior, ao lado da Deusa da Criação?*

Todos pareciam confusos e esperavam que coisas ruins acontecessem, contudo não iriam se meter com Lúcifer, já que sabiam dos poderes que possuía, e somente um louco para querer algo assim.

E por falar em loucos, *as cadelinhas de seu pai*, como Dandara costumava chamar, não demoraram muito a aparecer, tentando fazê-la recuar.

— Irmãos! — disse, assim que Joe e Rayan pousaram em sua frente. — Amei as asas, vocês sempre ficam umas gracinhas toda vez que querem me enfrentar.

— Para com essas falas idiotas, Dandara. — Joe ajeitou-se. — Você é sempre tão medíocre que chega a dar pena. O que está fazendo aqui? Acha mesmo que tem chance contra o Criador? E, pior ainda, trazendo consigo essa traidora?

O olhar de desprezo era lançado a Ayla, que tentou não se abalar.

— Por mais que eu entenda todas as palavras feias que você queira dizer a ela, cuidado, viu? — O tom era de risada. — Sabe que xingar é pecado, logo você irá pro Inferno ficar ao meu ladinho. — Ela deu um passo em direção aos irmãos. — Uma pena eu não ter um garfo gigante como os humanos acham que tenho. — Ajeitou o próprio manto. — E eu iria me sentir maravilhosa, espetando esse seu rabo pela eternidade, seu merda.

Joe apenas cuspiu em sua direção, ela sabia como irritá-lo.

– E você? Rayan? Não cansa de ser capacho do Joe em troca dessa pobre atenção que ele te dá?

– Você não sabe de nada, Dandara – respondeu ríspido. No entanto, Rayan sempre parecia confuso quando seus irmãos brigavam, sempre em cima do muro, mas agarrava-se a Joe, visto que este sempre o assombrou com as histórias do que acontecia quando alguém renegava o laço celestial.

– Você é muito corajosa, não faço nem ideia de como conseguiu chegar até aqui. – Joe mexeu o pescoço, estalando-o. – Mas como já está acostumada a *cair* mesmo, espero que não fique triste dessa vez.

Dandara deixou uma gargalhada alta escapar enquanto dava alguns passos.

– Palavras bonitas vindo de alguém que tomou uma surra de um *bellator*, ele bate forte, né? – Ela sorriu. – Esclarecendo sua dúvida, de como foi possível chegar até aqui...

Dito isto, ela fechou os olhos e, ao abri-los, estavam brilhantes outra vez. Seus cabelos pareciam flutuar, como se sua aura estivesse se fazendo presente. Suas unhas cresceram como garras. Atrás da morena, devagar, as asas foram se abrindo, a coloração era linda, olhando dava para saber o quão macias eram, sabia que aquilo era uma das invejas que Joe nutria.

– Agora estamos no mesmo nível. Como diz meu belo Alexander quando seu espanhol está na ponta da língua, *manito* – continuou. – Você ainda tem a opção de fugir, se quiser, e levar o seu *poodle* contigo.

Ayla, ao observar que Dandara falava sério e estava se colocando em posição de ataque, decidiu se afastar um pouco, para que não sofresse com aquela briga. Já era doloroso assistir aos filhos batalhando, quando a sua vontade, no momento da criação dos arcanjos, era que todos fossem unidos. Mas isso tudo se partiu, desde a rivalidade entre Lúcifer e Miguel; Joe e Dandara seriam eternos rivais, disputando a atenção de seu Pai.

Antes que Joe pudesse atacar, Rayan avançou em Dandara, pronto para lhe dar um soco, mas este teve o braço segurado pela mulher que desviou do ataque e jogou o irmão em algum canto.

Todavia, Rayan não desistiu, se levantou e, dessa vez, tentou acertá-la pelas costas. A morena deu um rápido giro, usando seu antebraço para se defender, em seguida, dando um golpe no irmão.

O outro não desistiu, tentou aplicar-lhe outro golpe, mas foi surpreendido por outra defesa, Dandara o presenteou com uma sequência de socos no peito, para, então, finalizar com um gancho.

Rafael deu um passo para trás, sentindo-se tonto, tentou manter-se de pé, em vão, acabou caindo desacordado.

— Caçulinha, você se esquece de que, entre nós três, você e o Joe vão sempre entrar na porrada.

O tom era descontraído, estava adorando humilhá-los na frente dos outros, como mereciam, como fizeram consigo durante tanto tempo. Só que pelas suas costas.

— Tá vendo? — elevou o tom de voz. — Esses são os arcanjos de quem vocês sentem tanto medo, que admiram por serem fortes. Mas isso foi apenas porque eu não estava aqui, porque fui jogada na Terra injustamente, graças a esses seres que julgam serem puros.

Os outros anjos olhavam perplexos, sem entender. Os três irmãos brigando, transformando aquilo em uma atração quando, nos Céus, sempre aprenderam sobre violência e o quão prejudicial poderia ser, mas todos aqueles ensinamentos foram deixados de lado.

Enquanto Dandara falava, baixou a guarda, e foi o momento oportuno para Joe agir. O arcanjo, em um movimento rápido, se colocou atrás da irmã e passou o braço em volta do pescoço dela, com auxílio do outro que estava livre para apertar forte, um golpe popularmente conhecido como "gravata".

Ayla deu um passo, o nervosismo estava tomando conta de si, porém não podia fazer nada. Estava fraca e não conseguia ajudar.

– O seu problema, querida irmã, é achar que é a melhor em tudo – disse próximo à orelha. O sorriso largo nos lábios de Miguel chegava a ser assustador.

– E o seu, querido irmão, é achar que todos são inferiores a você. – Suspirou. – Tal pai, tal filho – Dandara falou com certa dificuldade.

Em seguida, usou seu cotovelo para que tivesse espaço, acertando o abdômen do outro com força e, assim, fez com que ele afrouxasse o próprio braço. Lúcifer aproveitou-se da baixa guarda de Joe e levou uma de suas mãos à nuca do outro, apertando ali e puxando-o. Dandara usou seu ombro para dar impulso e jogar o corpo do outro no chão.

Miguel foi rápido e se colocou de pé novamente, para que voltassem a lutar outra vez. Os irmãos passaram a trocar socos de forma bruta, Joe era forte, um dos arcanjos mais fortes que tinha, e o combate com o mesmo era muito temido pelos outros anjos. Dandara não era defensiva, ia para cima do irmão com tudo que tinha.

– Sua sorte é que não estamos com nossas armas.

– Então, você precisa de espadinha pra ser forte? – Dandara riu enquanto proferia aquelas palavras. A morena cuspiu.

Cego pela ira, Miguel se movimentou rápido outra vez, porém Lúcifer desviou e também desviou dos golpes seguintes. Aquilo tudo estava cansando-a, não estava ali para brigar com seu irmão, não estava ali para enfrentá-lo.

Então, em um dos socos proferidos por Joe, Dandara desviou e, em seguida, segurou um de seus braços. A morena se posicionou rapidamente em frente a ele, puxando-o pelo braço e impulsionando o corpo do irmão, para que este caísse no chão. Logo, ela forçou o braço do outro até ouvir um estalo, fraturando-o como um simples humano.

Espantada, Ayla balançou a cabeça, para que pudesse recobrar a consciência e, em um movimento rápido, a deusa da criação se movimentou, encostando sua palma no chão e proferindo algumas palavras em latim, como um feitiço, e aprisionou os dois que estavam caídos.

– Você vai precisar ser rápida com seu pai, eu vou ficar aqui para segurá-los o máximo que eu puder.

Dandara ajeitou-se, deixando Miguel, que estava preso ao feitiço de sua mãe. A morena girou os calcanhares, já pronta para caminhar até o seu destino quando hesitou por um momento, parando.

– Obrigada pela ajuda – ela disse baixo, mas o suficiente para que Ayla escutasse e ficasse surpresa, com os olhos arregalados.

A ruiva apenas assentiu ao observar a filha se afastar devagar, andando em direção à grande torre, onde residia aquele que, um dia, foi seu grande amor, mas que deixou sentimentos ruins o dominarem, transformando-se em seu inimigo.

[...]

Lúcifer sentiu uma nostalgia consumi-la ao chegar à grande torre e ficou alguns minutos parada em frente à porta. Lembrar-se de seus treinamentos, de momentos com seus irmãos, tudo aquilo parecia tão distante sentimentalmente, era como se sua vida tivesse começado no momento em que conheceu seus amigos. Eles eram a sua família.

Dandara deu um passo em direção à porta e sentiu uma forte pontada, que a fez levar a mão canhota ao peito, por um momento. Parecia uma dor insuportável, mas sabia que aquilo era resultado dos poderes que ganhou com o fruto proibido.

A morena se recompôs, levou as mãos até a maçaneta e empurrou a porta. Ao abri-la, seu Pai já a esperava no fim da sala, onde estava seu grande trono e ao lado havia uma mesa com uma grande caixa, parecia ser de uma madeira específica, que só existia no Jardim do Éden.

O que os separava no momento era apenas a distância, devido ao grande salão.

Ela entrou, caminhando de forma majestosa, com o queixo erguido e a coragem consigo, rondando-a. Havia esperado muito, desde que *caiu*, por esse momento, quando poderia lutar de igual para igual com aquele que a condenou por nada.

Ao chegar a uma distância considerável, o Criador levantou-se de seu trono, e Dandara parou. Este tinha na cintura sua espada, que parecia emanar um brilho muito forte. O Pai, então, caminhou até a caixa e a abriu devagar, retirando de dentro as espadas duplas que pertenciam a Lúcifer, porém haviam sido confiscadas e trancafiadas logo depois que foi expulsa do Céu. Deus jogou as lâminas na frente da filha e, em seguida, retirou sua própria espada da bainha, apontando em direção à Dandara.

— Lúcifer.

A morena não pôde deixar de abrir um sorriso de canto, os olhos brilharam em êxtase, era o seu momento. Dandara pegou suas espadas e, por um momento, fechou os olhos e, ao abri-los, já estavam tomados por um vermelho brilhante.

— Hora da verdadeira reunião de família, papai.

LUA DE SANGUE

"[...] Olhei, e eis que houve um grande tremor de terra; e o sol tornou-se negro como saco de cilício, e a lua tornou-se como sangue;
Apocalipse 6:12".

Era isto.

Aquele momento único que ansiava há muito tempo, em que qualquer sentimento iria ser posto de lado e apenas a vingança seria a gasolina para mantê-la de pé. Dandara ajeitou-se, ficando alerta, agora estava contra seu Pai, contra o Criador, e não podia vacilar, não haveria segunda chance.

— Você sabe que sempre foi a minha melhor criação.

— Eu sei que não foi você sozinho que me criou; sei que tenta levar todo o crédito para ter a atenção só pra você — cuspiu as palavras, estava enojada. — Você é egoísta, jogou a pessoa, que diz amar, em um lugar para apodrecer, fraca e desorientada.

Lúcifer deu um passo para o lado.

— E, dessa vez, nem estou falando de mim.

— Ayla me enganou, no momento em que criou personalidades para vocês, ela sabia que os arcanjos deveriam ser apenas soldados — disse. — O objetivo inicial nunca foi que vocês fossem como são, isso foi reservado apenas para os humanos.

— Ah, não, lá vamos nós outra vez com esse lance de humanos.

— É a verdade, Dandara. Os humanos sempre foram o objetivo primário, criá-los à nossa semelhança — dialogou de forma calma. — Era mais fácil você ter entregado o fruto a um dos seus amigos, que iria sobreviver às consequências desse ato, já que foi feito para suportar, até mesmo manipular, os poderes celestiais.

Sentia-se perdida.

Como seu pai era idiota em tantos níveis diferentes, com a obsessão em criar seres que, de fato, concretizou; Dandara sabia e sempre soube disso, mas escutar como o Criador estava orgulhoso deste feito e como menosprezava os arcanjos, que eram somente peças no tabuleiro, lhe deixava revoltada.

— Você está de parabéns, papai, por toda essa inteligência e habilidade. Acho incrível como você diz que todos são seus filhos, todas as suas criações são iguais, mas sempre prioriza os humanos.

Dandara suspendeu novamente as suas espadas no ar em direção ao Pai.

— E sobre sobreviver ao fruto proibido, eu só pretendo ficar viva o tempo suficiente pra cravar a minha espada no seu peito.

Dito isto, em um movimento rápido, Dandara impulsionou o corpo, na tentativa de acertar-lhe o braço, mas o Criador foi rápido e desviou. Novamente, tentou aplicar-lhe outro golpe, girando o corpo, para que suas espadas o acertassem na garganta, mas ele usou a própria arma para se defender.

— Eu não quero dar um fim em você, Lúcifer, então vamos parar com isso — disse. — Vamos fazer um acordo ou algo assim.

— Acordo? — Riu enquanto forçava as espadas contra ele. — Graças ao acordo contigo, estamos aqui. O único jeito de acabar com tudo isso é nos livrando de você.

O Criador foi tomado pela ira, estava cansado das respostas de Dandara, das palavras afiadas. Forçou fortemente, para que a outra se afastasse, e a filha deu alguns passos para recuperar o equilíbrio.

— Você é o verdadeiro problema, não é a humanidade, não somos nós — ela disse ao se ajeitar. — É de você que precisamos nos livrar no fim de tudo.

— Se você quer assim, se quer me desafiar... — argumentou. — Então, não me resta escolha, darei fim em você.

Logo o Criador avançou em direção a Lúcifer, que recuou; os golpes dele eram rápidos, e Dandara não conseguia desviar de todos. Seu corpo estava sendo danificado com a lâmina celestial, o que a deixava fraca e, por conta disso, estava difícil revidar.

Não restando saídas para ela, em uma tentativa de se afastar um pouco mais, libertou suas asas e impulsionou o corpo para voar, mas foi seguida pelo Criador, que começou a atacá-la no ar.

— Você vem até aqui, me desafia, me chama para lutar e agora não está aguentando? — Riu baixo. — Lembre-se, minha doce filha, de que vocês foram criados e treinados por mim, não é como se fosse fácil me vencer.

Tomada pela raiva que sentia naquele momento, vendo com seus próprios olhos que o Pai nunca passaria de um ser arrogante e egoísta, Dandara tentou outro golpe, mas ele desviou e revidou com um soco, que a fez cair no chão; uma de suas espadas caiu um pouco distante, mas Lúcifer conseguiu segurar a outra.

Depois disso, se aproximou da filha e aproveitou o momento de vulnerabilidade, forçando o pé contra o rosto da mesma. Um sorriso sádico tomou conta do Criador. Superioridade, ele adorava sentir isso.

— No fim, todos vocês estão abaixo de mim, mas teimam em me derrubar.

A garganta seca, os olhos marejados, escondidos pelos cachos bagunçados enquanto os lábios tremiam desesperadamente. Um misto de raiva com tristeza? O rancor que não a deixava esquecer que nunca foi amada por seu Pai, no fim das contas?

— Eu farei você pagar por tudo — disse entre os dentes enquanto os olhos brilhavam.

Sentiu seus olhos marejarem, como se o seu corpo estivesse fraquejando. Apenas fechou os olhos por alguns momentos, para que a vontade de chorar fosse embora, não se permitia se sentir fraca, não se permitia ter sentimentos tão perigosos, pois sabia que poderia se igualar ao seu Pai, se não fosse desse jeito.

Sozinha no Inferno para ser aquilo que não queria.

— Seus sentimentos... — O outro apenas estalou os dedos. — Eu sempre disse que seriam sua ruína, apesar de ter sido uma das minhas criações preferidas, você é frágil. Vulnerável.

Vocês foram criados à minha semelhança.

— Eu não sou semelhante a você — disse entre os dentes. — Eu nunca irei me identificar com você.

Fechou seus olhos por um momento, lembrando-se de quando foi jogada no Inferno, para exercer uma função que não tinha escolha. Para ser odiada e humilhada pela criação que tanto repugnou. Lembrou-se de como tudo havia sido triste, para si, durante aquele período, mas que, no fim de tudo, achou seu caminho de volta. Para fora da escuridão.

— Espera, você nem me disse seu nome.

— Não? — Ela parou. — Desculpe, eu fiquei tão empolgada. Fazia muito tempo que não conversava com alguém. Sorriu meio sem jeito, coçando a cabeleira cacheada. — Meu nome é Lúcifer.

Abriu os olhos rapidamente. A ajuda do Fruto Proibido se fez presente. Seus olhos foram tomados pela aura branca, e a força que precisava estava ali. Dandara segurou fortemente o punho da espada, aproveitou o momento em que seu pai se distraiu e forçou contra o pé que estava no seu rosto, na tentativa de cortá-lo fora, mas o Criador percebeu o movimento e afastou-se.

Mas Dandara não recuou.

Colocou-se de pé e continuou a golpeá-lo com sua espada, mas este, ainda assim, desviava. Aquele sorriso sádico permanecia ali, o que a deixava mais fora de si, a vontade de acabar com tudo aquilo corria desesperadamente por cada parte de seu ser. Era pessoal, Dandara o odiava com todas as forças. Esse ódio sempre a cegaria no fim de tudo.

– Cuidado, filha.

Ao achar uma brecha, ele conseguiu golpeá-la com um soco no queixo, e isso a balanceou, fazendo com que soltasse a última espada que estava consigo. Foi possível escutar os ecos dos golpes pelo grande salão.

O Criador não hesitou em momento algum e continuou golpeando-a sem parar. Ainda que Dandara estivesse sobre o efeito do fruto, tudo aquilo doía muito em si, e as feridas se faziam presente em seu belo rosto. No entanto, nada doía mais do que sentia naquele momento.

[...]

A deusa se esforçava para se manter em pé depois de tantos golpes recebidos, estava muito frágil e, por mais que Joe e Rayan fossem muito fortes, Ayla estava juntando tudo o que podia dentro de si para mantê-los ocupados.

Um sentimento forte começou a tomar conta da ruiva, que acabou olhando para trás, em direção à torre, e viu os golpes que Dandara estava recebendo.

Implorou à Aurora que a ajudasse a reunir toda a energia que ainda tinha e realizou um feitiço que aprisionou os dois filhos ao chão, novamente, e não iriam se mover por algum tempo, mas, talvez, não muito.

Feito isto, a Deusa correu em direção à torre, mas antes que pudesse passar pelas portas e ajudar a filha, acabou batendo de frente com a barreira invisível que não a permitia entrar ali – ordem esta que havia sido concretizada, desde quando fugiu dos Céus.

Ayla tentava, a todo custo, bater na barreira que a impedia de passar, mas sentia a dor percorrer por seu corpo, já que seus sentimentos sempre estiveram ligados aos seus filhos.

Já do outro lado, Nyota estava de pé, com certa dificuldade, graças aos golpes que estava recebendo de seu pai. Disputar força não adiantaria no seu caso, visto que, devido ao pacto feito, conforme a moça quebrou os termos, toda a sua força infernal se foi quase que por completo. Para ganhar, Dandara teria que ser inteligente.

O Criador lhe deu um último soco, que fez com que Dandara se desequilibrasse e caísse um pouco distante.

– Que desperdício, poderia ter enviado seus amiguinhos mesmo – disse enquanto acariciava o próprio pulso. – Você não durou muito em pé.

O outro deu alguns passos em direção à cacheada, que ainda estava deitada no chão, murmurando de dor. O Criador, ao ficar frente a frente com a filha, a puxou pelo pescoço, a suspendeu no ar e apertou forte para que pudesse, enfim, finalizá-la.

– E agora, como uma estrela, vou assistir ao seu brilho cessar.

Dandara parecia aceitar o seu fim e fechou os olhos, o que, para o sádico Criador, estava sendo maravilhoso. Ele continuou apertando ainda mais e cada vez mais e, mesmo escutando os gritos desesperados de Ayla, sequer se importou.

– Pare! Por favor, você está matando-a!

Ayla suplicava, com lágrimas escorrendo pelas bochechas, socando incansavelmente a barreira invisível, em uma tentativa de que aquilo pudesse desaparecer.

Maldita hora em que foi tirada dessa a autoridade nos Céus.

Ignorando os gritos e pedidos, o Criador continuou suspendendo a filha no ar, que já estava fechando os olhos lentamente. O sentimento de vitória cantava no pensamento do Todo Poderoso que, no fim, sentia ter provado tudo que havia dito. Todos eram inferiores, teimavam em tentar algo contra ele e sempre terminavam daquela forma.

– Adeus, filha.

Um último suspiro.

BORBOLETA

Estava em um lugar escuro, não havia nada ao redor. Depois de alguns passos, a certa distância, uma figura pequena se fez presente, pôde reconhecer os cabelos cacheados, quase loiros e o vestido azul-claro, como o de bonecas, que adoraria ter em seu quarto, se um dia tivesse tido a oportunidade.

Quando a pequena mocinha parou na sua frente, se deu conta de que estava olhando para ela mesma, em sua versão criança, como quando encontrou Sylas, no passado, durante a infância dele. A menina mexeu o dedo indicador, como se estivesse chamando-a. A morena abaixou, apoiando um dos joelhos no chão, para que ficasse na mesma altura que a garota quase loira.

A mocinha tocou sua bochecha de forma delicada e, em seguida, abriu um pequeno sorriso.

"Você sempre pode tentar mais uma vez. Você é capaz, Dandara. Não é o fim."

Levou a mão ao peito da mais velha e, então, seu corpo inteiro começou a brilhar e, aos poucos, a criança foi desaparecendo.

[...]

Abriu um pouco os olhos enquanto as mãos fortes ainda apertavam seu pescoço, olhou de soslaio e percebeu que uma de suas espadas estava próximo de si.

Ainda não era o fim.

Em uma tentativa de fugir, forçou seu joelho fortemente em direção ao tórax do outro, o que fez com que o Criador a soltasse e, ao cair no chão, Lúcifer tossiu algumas vezes, segurando a própria garganta.

Aproveitando o momento de vulnerabilidade, ainda cambaleante, a cacheada pegou a arma e a segurou forte na mão. Reuniu todas as forças que ainda lhe restavam, avançou em direção ao Pai e desferiu golpes, que acertaram e cortaram a pele do outro, que não conseguia se desviar de todos. Entre gritos, ela continuava e continuava, sem se importar com o quanto de energia depositava naquilo. Suas mãos estavam com rachaduras, que seguiam para seus braços, mas Dandara não se importava. Ela só queria acabar com tudo de uma vez.

Do lado de fora, Ayla assistia àquilo, sem conseguir ajudar. O desespero em ver a filha daquele jeito, não tinha mais forças para bater na barreira, não tinha mais esperanças de que conseguiria entrar e terminar com tudo aquilo. Apenas assistiria a tudo desmoronar na sua frente.

Sentiu uma mão pousar sobre seu ombro, era Gael, com alguns arranhões. Ele foi preso pelos irmãos, mas, depois de muita insistência, conseguiu fugir. Ayla implorou, para que ele parasse Dandara.

— Por favor... Eu não consigo entrar lá. Faça alguma coisa ou ela irá morrer!

Gael olhou em direção à irmã, que estava desferindo golpes no Criador, que não estava conseguindo mais se desviar. O arcanjo viu as rachaduras se formando no corpo de Dandara e gritou, para que a irmã parasse enquanto ele voava em sua direção.

— DANDARA!

Gael parou ao escutar um estrondo. Em um último golpe, os olhos de Dandara foram tomados pelo branco brilhante e sua espada também. Ela empurrou toda a arma contra o peito do Pai, que ficou estático, olhando-a nos olhos.

A força que o fruto proibido lhe proporcionou era suficiente para matar qualquer criatura celestial, e ele sabia disso.

As nuvens foram tomadas por uma coloração cinza, e a barreira, que envolvia o grande salão, aos poucos, foi se desmanchando. O corpo, na sua frente, parecia estar perdendo a aura, visto que estava morrendo. Respiração ofegante, as mãos tremendo e os olhos arregalados voltados para a lâmina cravada no peito do outro.

– Você pode me odiar o quanto quiser – o Criador disse com dificuldade. – Mas sempre que se olhar no espelho, verá uma parte de mim. Nós somos iguais.

Ao escutar aquilo, Dandara girou a espada dentro do outro, que gemeu de dor.

– Não somos iguais. Você precisa se sentir o melhor de todos, o único digno de algo e, por isso, hoje estará caindo pela minha espada. – Dito isto, ela puxou a lâmina, retirando-a de dentro dele.

O pai se desfez na sua frente, tornando-se poeira no ar, levada pelo vento. Depois disso, Dandara abaixou a espada, deixando-a cair e, ao olhar para as próprias mãos, percebeu diversas rachaduras.

A moça caiu de joelhos, apoiando-se. Dandara sentia sua força se esvaindo, algo que já esperava, afinal, havia um pacto e ela quebrou os termos, depois, usou algo para recuperar o pouco de força que lhe restava. Esse seria o seu destino, caso infringisse as regras.

Lembrou-se das palavras da anciã para si.

Você está morrendo.

Seu corpo estava sendo tomado pelas rachaduras e, como um espelho, Dandara estava quebrando. Gabriel se juntou à irmã, ajoelhando-se ao seu lado; Ayla correu o mais rápido que pôde em direção à filha, pondo-se também ao seu lado. A morena deitou-se sobre o colo da mãe.

– Você foi incrível, Dara – disse Ayla, enquanto acariciava os cabelos da filha. – Tão forte e destemida como eu sempre imaginei.

As lágrimas desciam sem parar pelas bochechas da ruiva, que não conseguia pensar em uma alternativa que pudesse salvar sua filha de tudo aquilo. Aquele que um dia foi seu grande amor tirou-lhe tudo, seus filhos, seu dom e sua vontade de viver. Mesmo que ela não quisesse mais sua vida, não havia muito que pudesse fazer, já que poucas coisas existentes no mundo podem dar fim a um ser celestial. Ayla não queria desistir, sempre sonhou com o retorno ao seu lugar de direito. Mas não dessa forma, não por esse preço.

— Eu sou foda — disse Dandara com um sorriso fraco. — Me senti um personagem de jogo de fantasia.

Gabriel balançou a cabeça em negação enquanto sorria junto à irmã.

— Só faltam as orelhas pontudas, elfo — brincou. — Apesar de que, olhando bem, você já tem.

— Você não me respeita nem no meu momento.

O irmão respirou fundo ao ver a irmã sorrir, esta que depois se virou para olhar para a mãe. Dandara não sabia muito bem o que fazer, estava cansada e sentia sua força se esvaindo a cada segundo. A morena sabia lidar com sentimentos quando se tratava dos seus amigos ou seus amantes, afinal, eles eram sua família. Mas quando se tratava de outros, dos celestiais, era sempre difícil. Não queria ser cruel ou sarcástica naquele momento.

— Está tudo bem, sabíamos que isso aconteceria — disse. — Alguém precisava pará-lo de uma vez por todas, para que todos ficassem bem.

Ayla assentiu, concordando com tristeza. Dandara tossiu algumas vezes.

— Eu queria tanto estar no seu lugar agora. — Ayla tentava segurar as lágrimas. — Você merecia tanto ser feliz, Dandara.

— Você nem tá inteirona pra lutar — disse em tom de comédia. — Eu fui muito feliz, conheci pessoas incríveis, que estiveram comigo até o final.

A morena levou uma das mãos ao colar que carregava em seu pescoço e puxou, para que a corrente se soltasse.

Observou por alguns segundos a aliança que carregava, desde quando disse sim a seus amantes, Gaia e Alex. Quando prometeu carregá-los para sempre em seu coração.

— Eles estão esperando... — Dandara tossiu mais uma vez. Entregou o colar à mãe, deixando-o em suas mãos.

— Me desculpe. — Ayla acariciou os cachos que estavam desaparecendo. — Por tudo.

— Você teve seus motivos, está tudo bem. — Dandara sorriu pela última vez. — Só faça melhor desta vez.

Como uma luz que se apaga, ela se desfez nos braços da mãe, deixando-a sem chão. Havia tantas coisas a se dizer, tantas atitudes para consertar, mas era tarde. Não tinha mais o que se fazer. Pactos não devem ser quebrados e, quando acontece, não há nada que mude o fim.

Ayla ficou ali, ao lado de Gael, que permanecia em silêncio.

[...]

Todos estavam do lado de fora da cabana, em frente à saída. Tinha apenas alguns minutos que Dandara havia ido junto de Ayla, e todos sabiam que o tempo, no plano espiritual, passava bem mais rápido, logo acreditavam que por mais que a batalha fosse dolorosa, seria rápida na percepção deles.

As nuvens foram tomadas pela coloração cinza, o que indicava uma tempestade vindo por aí. As árvores de Vila Girassol balançavam tão fortes que pareciam que iriam cair a qualquer momento. No Céu, era possível ver alguns raios, o que chegava a ser um pouco assustador.

Sabe quando sentimos a garganta seca? Ou quando o nosso coração está com as batidas lentas e de repente um baque, como se tivesse parado por alguns segundos? Às vezes, vem acompanhado de lágrimas, o que torna o momento ainda mais difícil.

Essa sensação pode acontecer em algum momento durante sua vida, mas é esperado que não, porque é incrivelmente sufocante.

E foi essa sensação que Sylas sentiu por um momento. Ele sabia. A vontade desesperada de chorar. Estava com um dos braços em volta de Noah e o apertou por alguns segundos, e o marido se aconchegou.

A conexão que tinha com Dandara jamais iria superar nada na vida, talvez o maior sentimento que ousou compartilhar com alguém, um dia, foi a amizade, o amor de amigo, o carinho, o cuidado.

Dandara havia quebrado a promessa, mas havia cumprido tantas outras que não foi tão ruim assim dessa vez.

Era devastador.

Não iria mais ter sarcasmos ou piadas de duplo sentido. Não teria mais momentos cômicos durante o UNO, e não podemos esquecer dos momentos em que ela tentava conversar em espanhol com Alex e quando afagava os cabelos verdes de Gaia. Não iria mais vê-la no quarto de Thalia, ajudando a sobrinha a escolher uma bela roupa para ir a alguma festa. E também não a veria mais fracassando na cozinha, junto ao Noah, enquanto tentava preparar um bolo e, graças à falta de atenção, a morena sempre colocava sal ao invés de açúcar.

Abraçou forte o marido, lágrimas desesperadas rolavam pelas bochechas enquanto Noah não entendia o que estava acontecendo. Sylas soluçava e o apertava cada vez mais, sem dizer ou explicar nada.

Ele sentia que ela havia ido.

E a certeza veio quando na frente de todos, minutos depois delas terem partido, o portal se abriu novamente e, assim que o mesmo se apagou, Ayla estava sentada na grama fria, chorando, sem se importar com nada, para quem quisesse ouvir e, em sua mão, estava o colar da filha. Para todos, já era perceptível o ocorrido.

E aqui na Terra, no Inferno e também nos Céus, ela deixou corações partidos e tristeza por sua partida. Seus amantes não conseguiam se conter; o grito dolorido de Gaia ecoou por toda floresta enquanto Alex a abraçava forte. Hélio apenas envolveu Ethan, que mordia os lábios para evitar se desmanchar em lágrimas. Thalia, que estava agarrada aos joelhos, continuou assim, escondendo o rosto entre eles. Nathan lhe afagava as costas, a fim de aliviar a tristeza. Noah tentava abraçar, o máximo que podia, Sylas.

Dandara se foi, para onde quer que sua alma tivesse que ir.

[...]

Conferiu novamente a jaqueta, ajeitou também a blusa por baixo. Nunca pensou que se vestiria novamente daquela forma, como quando era um demônio. No grande espelho que havia na sala, Sylas checou mais uma vez se estava tudo certo e, ao escutar os passos na escada, se dirigiu até a porta. Noah e Thalia estavam prontos e o seguiram para fora da casa.

Thalia tinha, nas mãos, uma caixa de madeira antiga, que já parecia ter algumas coisas. Caminharam um pouco até a cabana, em que estavam semanas atrás, passando pelas grandes árvores.

Cavaram um pequeno buraco ao lado da cabana e ali enterraram a caixa, dentro havia alguns objetos que pertenceram à morena e realizaram uma espécie de funeral a pedido da Thalia, que acreditava que assim Dandara seguiria seu caminho em paz, teria conforto e saberia do carinho que tinham por ela.

Ao terminarem, Noah e Thalia se afastaram um pouco enquanto Sylas ficou ali por um tempo, olhando a terra recém-arrumada. Pensou em onde sua amiga estaria, se estaria tudo bem ou se, de fato, estaria em algum lugar. E foi então que a sua atenção foi capturada por uma bela borboleta azul, que passou em frente ao seu rosto. Sylas observou aquele belo par de asas se afastar entre os raios de sol que penetravam entre as grandes árvores. Sorriu.

– Belas asas!

Você vai ficar ao meu lado?
Você promete?
Se eu soltar sua mão, você vai voar
para longe e partir?
Eu estou com medo.

(BTS - Butterfly)

AONDE QUER QUE FOSSE

Abriu os olhos rapidamente e, na sua frente, havia uma porta branca, bem comum. À sua volta, tudo estava escuro, como se não tivesse nada a quilômetros e quilômetros de distância.

O que está acontecendo? Era a pergunta que mais ecoava pela sua mente. Apenas se lembrava de, há alguns minutos, estar deitado em um leito do hospital e agora estava ali, em algum lugar esquisito da sua mente, talvez. Passou a mão em seu próprio rosto de forma desajeitada, era jovem outra vez.

— Que porra é essa?

Ele levou a mão, com cuidado, à maçaneta, ainda meio trêmulo, se sentia um pouco em choque com tudo que estava acontecendo. Ao abrir a porta, a coloração do lugar era diferente, com cores suaves e, na sua frente, havia uma passarela estreita. Deu um passo à frente, e a porta atrás de si fechou devagar.

Começou a caminhar lentamente, o caminho parecia não ter fim, o que era ainda mais agoniante. Passou a mão nos cabelos azuis, devido ao nervosismo. Parecia que quantos mais passos dava, mais distante o horizonte ficava. Continuou caminhando, até que viu uma silhueta que parecia correr em sua direção, de forma desastrada. Ele ficou alerta e parou, esperando-a se aproximar.

Conforme chegava mais perto, podia reconhecer melhor. Os cabelos cacheados e longos, o jeito engraçado de correr, enrolada em um manto azul-claro.

Era ela.

— Dandara? — saiu como um sussurro.

Ao chegar em frente ao homem, ela parou por um segundo, levando as mãos ao joelho, tentando puxar o ar, demonstrando cansaço.

— Mano, esse caminho todo, eu nunca vou me acostumar. — Suspirou. — Desculpas pelo atraso, eu estava comendo bolinhos e me esqueci de que era a minha vez.

Não estava entendendo nada, ainda estava estático, olhando a amiga na sua frente.

— Oi, Sylas.

Não conseguia falar nada.

— Sy? — disse, passando a mão em frente ao rosto do amigo. — Tá aí? Eu, hein, parece até que tá vendo um fantasma. Quer dizer, tá vendo.

Acabou rindo descontraída enquanto Sylas ignorou as palavras da cacheada e a puxou, sem qualquer cuidado, envolvendo-a em um abraço apertado enquanto as lágrimas rolavam pelas suas bochechas.

— Ah, cara, não vem de choradeira não — resmungou. — Vai molhar meu manto e você não é o único que vou acompanhar hoje.

— O que você está fazendo aqui? — disse ao se afastar da outra e segurar seus ombros.

— Longa história, mas eu vou te explicar enquanto caminhamos. Vem.

Começaram a caminhar lado a lado, enquanto Dandara explicava, de forma detalhada, tudo que aconteceu, após sumir nos Céus.

— Então, sabe a entidade lá que minha mãe cultua? E o Hélio também? A tal da Aurora?

Sylas assentiu.

— Ela realmente existe e tem uma energia incrível! — disse. — A crença de Ayla acabou criando esse ser cósmico, uma parada surreal a bichinha, viu?

O de cabelos azuis acabou soltando uma risada baixa.

— Enfim, ela me trouxe até aqui. Você está na passagem da vida, Sylas, e eu sou, agora, um dos seres espirituais que acompanha a alma nesse trajeto.

Ainda estava um pouco confuso, como assim outro tipo de ser espiritual?

— Mas a sua mãe disse que você havia morrido.

— E eu morri, mas fui salva por Aurora — disse. — Por algum motivo, ela não resistiu ao meu charme, não a culpo.

Dandara nunca perdia a pose, era incrível que até se tornando um "ser puro", ela conseguia manter a personalidade forte.

— Você consegue continuar sendo esquisita.

— E você também, estranho.

Ambos riram.

— Eu pensei que você tinha quebrado o nosso pacto.

— Bom, não quebrei, eu estou aqui.

— Tecnicamente quebrou, sim, você morreu.

— Morri, mas sobrevivi.

— Você sabe o quão isso é contraditório? — Sylas não pôde segurar a risada.

— Sylas, seres como nós são contraditórios. — Revirou os olhos. — Ou você se esqueceu de que lutamos contra arcanjos, leviatãs, demônios, eu nem vou continuar recapitulando.

Até contra o Todo Poderoso.

— Faz sentido. — Sylas ainda tinha uma dúvida. — Para onde você está me levando agora?

— Bom, eu estou te acompanhando até a sua próxima jornada.

— Então, eu vou voltar em outra vida? — indagou.

Sylas olhou para a amiga, que voltou a explicar:

— Bom, Sy, o meu papel aqui é garantir a sua travessia. No fim desta passagem, há uma porta, com o destino de cada um, mas eu não sei qual será.

Ela não tinha uma resposta correta sobre o que aconteceria com seu amigo e isso deixava Sylas com medo.

— Então, eu não vou voltar para o Noah?

— Não sei, amigo. — Dandara foi franca. — Quando fiz o pacto, para que você fosse um humano novamente, foi dito que seria a sua última vida, mas eu não sei o que te aguarda.

Aquilo arrepiou a espinha do homem que estava com medo, tratava-se do desconhecido que não estava muito a fim de conhecer.

— Não sabe dizer se a Aurora não tem mais uma vaga sobrando para trabalhar aqui?

Dandara parou, levando as mãos à cintura, e Sylas respondeu com uma careta.

— Você tá achando que aqui a gente bate ponto ou algo assim? — A moça estava incrédula. — Eu mereço, viu? Não acredito que sacrifiquei minhas asas por você, seu folgado.

Sylas puxou a amiga com um de seus braços e passou em volta de seu ombro, distribuindo vários beijos na sua cabeça. Mas Dandara se afastou, empurrando-o e ajeitando seus cabelos. Voltaram a caminhar.

Por um momento, Sylas olhou para trás, não era mais possível ver a porta pela qual havia entrado, mas era possível ver a que seria o seu caminho.

Lembrou-se de todos os momentos com seu marido até a velhice, em um leito de hospital, de como sua filha cresceu e teve uma bela vida. Nathan também estava muito feliz e não era mais tão retraído consigo, até o ensinou a jogar UNO, e o rapaz dominou o jogo muito bem. Seus amigos que também estavam lá.

— É a parte mais difícil, né? — perguntou Dandara. — Quando a gente lembra dos outros e como eles devem estar agora.

— Eu queria ter me despedido melhor.

Uma vontade de chorar queria dominar Sylas, que limpou uma lágrima solitária na bochecha.

— Eu vou esquecê-los, como foi antes, né?

— Vai — Dandara respondeu.

Lembrou-se novamente do sorriso de Noah, de quando chegou àquele porão empoeirado e de quando o reencontrou novamente durante os autógrafos. Como daria tudo para viver aqueles momentos outra vez.

Chegaram em frente à porta final, que o levaria ao seu destino desconhecido. Sylas e Dandara viraram-se um para o outro, ficando de frente.

— Eu também vou me esquecer de você?

— Vai. — Dandara sorriu triste.

Sylas agarrou a amiga, abraçando-a forte, apoiando seu queixo no ombro da morena. Dandara acariciou suas costas enquanto ele chorava desesperadamente.

— Você vai vê-los outra vez? — perguntou. — Eu vou te ver de novo?

— Você sempre vai me ver quando precisar passar pela jornada da vida, mas não vai se lembrar de mim. — Ela parou por alguns momentos antes de continuar: — Assim como os outros, será a última vez que irá me encontrar e se lembrar de mim.

— Você pode dizer a eles que os amo, ao encontrá-los? Diga que, mesmo no fundo da minha alma, eu nunca vou me esquecer de nenhum de vocês.

Ela assentiu e o apertou forte. Logo, os dois se soltaram e Dandara o ajudou a limpar as lágrimas.

Sylas virou para a porta e deu alguns passos, ficando em frente a mesma. Agarrou a maçaneta, girando com cuidado. Uma claridade se fez presente, diferente da outra porta, esta não dava para ver o que estava do outro lado.

Antes de ir, Sylas virou para trás mais uma vez e olhou para Dandara.

— Sabe, Dara — disse. — Existe uma coisa em comum em todas as minhas vidas, a qual eu gosto bastante. Caso eu retorne aqui, fale disso comigo. Quem sabe eu tenha alguma lembrança.

Dandara não pôde deixar de sorrir, conhecia bem seu amigo. Seu irmão.

— Discos de Vinil? — perguntou.

— Discos de Vinil.

Ao assentirem, Sylas atravessou a porta.

E, antes que a claridade o engolisse, antes que a porta se fechasse atrás de si, a sua última visão foi a sua amiga acenando com um belo sorriso.

Dimensões: 14 x 21
Orelhas: 7 cm
Papel: Pólen 80grs

Impresso e produzido em Rio de Janeiro – RJ
editoraeuphoria.com.br